Wallace der Junker
In fremden Landen

N. S. Fichtenschlag

Wallace der Junker

In fremden Landen

www.tredition.de

Verlag & Druck: tredition GmbH, Hamburg

ISBN
Paperback   978-3-7469-2970-5
Hardcover   978-3-7469-2971-2
e-Book   978-3-7469-2972-9

Kapitel 1 – Die Wildnis

Wallace blickte hinab auf den brodelnden Brei im Kochtopf über der Feuerstelle vor sich. In der allmählichen Abenddämmerung flackerte nur der Schein des Feuers und er vernahm nichts als die süßen Geräusche und Düfte des Breis. Ihm lief das Wasser im Mund zusammen. Seit Tagen hatte er nichts mehr gegessen oder zumindest nichts, das ihm den Hunger stillen konnte, doch es kam ihm vor wie eine endlose Ewigkeit ohne Nahrung, während sein Magen brummte wie ein ausgewachsener Bär. Auch wenn es ihm schwerfiel zu identifizieren, was genau da kochte, wusste er eines ganz genau: Es roch nach dem besten Essen, das er jemals in seinem Leben hatte und vermutlich haben würde. Das könnte daran liegen, dass nicht er verantwortlich war für die Zubereitung, sondern der eigentliche Besitzer dieses Kochtopfes. Wenn er eines zugab, dann das, dass er nicht kochen konnte. Dies hatte auch nie jemand versäumt zu erwähnen, der von seiner Kochkunst probierte. Was er im Zubereiten von Essen nicht hatte, machte er aber auf jeden Fall wieder wett mit seinem unbändigen Charme und Charme war der Name seiner rechten Faust, die er dem Besitzer der Feuerstelle vor gerade mal ein paar Minuten ordentlich auf den Kopf gehauen hatte. Besagter Besitzer war sofort nach der Begegnung mit ihm auf unhöfliche Weise neben seiner Sitzgelegenheit wortlos zusammengesackt und hatte seitdem ein kleines Rinnsal von mittlerweile wieder fast eingetrocknetem Blut auf dem Gesicht. Wallace nahm das als Einladung zum Mitessen auf, ansonsten hätte der freundliche Feuerstellenbesitzer doch niemals sogar seinen Platz frei gemacht. Er nahm sich eine geschnitzte Schüssel, tunkte diese zur Hälfte in den Kochtopf und befüllte sie mit dem köstlich riechenden, aber etwas matschigen, braunen Brei. Mit seinen Lippen an der Schüssel legte er den Kopf in den Nacken und ließ den Schüsselinhalt in seinen Mund fließen. Zögerlich schluckte er, wodurch es ihm den Mund ein wenig verbrannte. Ein tatsächlich verdammt guter Brei, dachte sich Wallace trotzdem. Nachdem seine Schüssel leer geworden war, nahm er eine weitere Portion und wollte sich gerade wieder hinsetzen, als er ein Geräusch wahrnahm. Ihm fiel wieder ein, dass er auf seine Umgebung hätte achten sollen. Er befand sich auf einer etwas größeren Lichtung, umringt von dichtem Gestrüpp und hohen Bäumen. So weit draußen in der Wildnis auf Menschen zu treffen, die es so gemütlich und so viel Ruhe hatten, dass sie sich ein gutes Lagerfeuer machen konnten, war selten. Weil er die Befürchtung hatte, dass das Geräusch bedeutete, dass andere, weniger gemütliche Menschen auf ihn zukommen könnten, nahm er nochmal einen kräftigen Schluck vom Essen, stellte die Schüssel neben den freundlichen Koch auf den Boden und versuchte so schnell und unentdeckt wie möglich ins nächste Gebüsch zu gelangen. Jetzt, da er gegessen hatte, sollte er nicht wieder unvorsichtig werden. Auch wenn er es verabscheute im Unterholz herumzusitzen, weil ihn die Äste und Dornen der Pflanzen wie immer mal wieder malträtierten, war es zu einem notwendigen Übel geworden. Für ihn fühlte es sich an, als wäre er schon Wochen in diesem Wald herumgeirrt.

Gerade mal eine halbe Minute nachdem er ins Dickicht geschlüpft war, tauchte, als hätte er es mit hellseherischer Genauigkeit vorhergesagt, ein kleiner Trupp auf, aus nicht mehr als fünf oder sechs Leuten bestehend, die sich dem Feuer näherten. Er konnte und wollte sich nicht mit ihnen anlegen, er konnte auch nicht wissen, ob sie ihm nun freundlich oder feindlich gesinnt sein würden. Genau das war das Problem an der Wildnis, anderen Leuten konnte man einfach nicht trauen. Nicht, dass er eine Ausnahme gewesen wäre. Wenn er wollte, war er genauso ein Langfinger, wie er aber ein Ehrenmann sein konnte. Mit seiner unscheinbaren aber großen Statur vertrauten ihm die meisten Leute in der Stadt schnell, selbst wenn er auch etwas Dreck vom Unterholz im Gesicht hatte. Hier draußen hingegen war man ihm eher immer feindselig gegenüber eingestellt, das wusste er mittlerweile aus Erfahrung, auch wenn er es sich nicht ganz erklären konnte. Deshalb verhielt er sich lieber ruhig und beobachtete das ganze Geschehen von mehr oder weniger sicherer Entfernung. Der Trupp hatte das Lagerfeuer mittlerweile erreicht und ein paar von ihnen knieten um den bewusstlosen Koch, andere sahen sich um. Es schien, als wären sie nicht erfreut darüber, dass ihn jemand zu Boden geschlagen hatte. Aus dieser Entfernung konnte man nicht genau erkennen, was vor sich ging. Dem Schein nach fingen sie hektisch miteinander an zu reden, fast so, als hätten sie die Befürchtung, dass jene Person, welche ihren vermeintlichen Freund geschlagen und dann von seiner Kost gespeist hatte, zurück hätte kommen können oder sich zumindest noch in der Nähe befand. Einer der Leute, welcher in seine Richtung gedreht war, deutete auf den Boden vor ihm und winkte einen der anderen her. Wallace hatte ein schlechtes Gefühl bei der Sache, fast so als hätten sie … „In der Richtung is'n Fußabdruck!", rief einer der Männer, der zuvor noch zu ihm gedreht stand. Zweifelsohne war das ein Missverständnis, er wäre doch nie so unvorsichtig gewesen und hätte einen Abdruck hinterlassen! Er, der doch auf Federfüßen geht! Doch von wem sollte er sonst sein, der Fußabdruck, dachte er sich leicht in Panik versetzt. Die Truppe formte eine Traube um den Spurenleser und fing langsam an sich in seine Richtung zu bewegen. Wallace hatte verstanden, dass es an der Zeit war Distanz zwischen sich und der Gruppe zu bringen. Doch sollte er loslaufen oder sollte er versuchen sich langsam davonzustehlen? Er versuchte zu überlegen, doch mit jeder Sekunde, die er mit Nachdenken verbrachte, kamen ihm die Leute immer näher. Schlussendlich entschied er sich so schnell wie möglich zu verschwinden, bevor er noch einen genaueren Blick auf die Leute werfen konnte. Auch wenn es in der Wildnis bald komplett dunkel sein würde, Fremden in die Finger zu fallen war bestimmt schlimmer, als in der Dunkelheit durch einen dichten Wald zu laufen. Also ging er aus der Hocke in eine aufrechte Position, machte am Absatz kehrt und fing an zu rennen. Natürlich machte das einen riesen Lärm, verglichen mit der Stille, die zu diesem Zeitpunkt geherrscht hatte, da die Laubbäume bereits ihre ersten Blätter hatten fallen lassen. Das erregte wiederum die

Aufmerksamkeit der Bagage, die daraufhin auch anfing schneller zu werden. Wallace wagte es nicht sich umzudrehen, sondern lief einfach blind darauf los, in eine Richtung. Zum Glück hatte er einen guten Orientierungssinn, dachte er sich, denn ohne wäre er am nächsten Morgen bestimmt ziemlich aufgeschmissen. Er konnte die Rufe hören. „Da is`a lang!", schrie einer der Männer.

Nach nur wenigen Augenblicken, ihm zumindest kam es vor wie ein Lidschlag, waren die Rufe näher. Nicht nur näher, sie waren plötzlich zu nah! Jeden seiner kurzen, aber tiefen Atemzüge vernahm er ganz genau und versuchte sich nur auf diese zu konzentrieren, um noch schneller zu laufen. Ein, aus, ein … „Bleib stehen, na komm schon!", schnaufte einer ganz nah hinter ihm.

Bis jetzt war er noch auf einem kleinen Pfad gelaufen, aber nun bog er aus einer Intuition heraus zwischen mehreren moosbedeckten Bäumen ein, mit einem Hechtsprung über einen Busch hinweg und hakte dabei mit einem seiner Füße so sehr zwischen zwei Äste ein, dass er darin fast hängen geblieben wäre. Nochmal Glück gehabt, versicherte er sich selbst, mit sicherem Tritt einen Weg zwischen den Bäumen bahnend. Doch wieder nur wenige Sekunden später vernahm er das Geräusch eines weiteren Typen, der hinter ihm her war. Es hatte wohl keinen Sinn weiterzulaufen. Er würde ihnen nicht entkommen, darüber war sich Wallace nun sicher. Von einem Moment auf den anderen blieb er stehen und wandte sich in Richtung der Verfolger. Er klopfte seine an den Knöcheln mit Eisen gefütterten Handschuhe aneinander, die dabei ein dumpfes Geräusch von sich gaben, und wartete. Plötzlich kam vor ihm ein muskulöser, schwarzhaariger Mann etwa mittleren Alters zum Stehen. Er hatte einen Bart beachtlicher Länge und seine Haare dürfte er vor etwas längerer Zeit immer sehr kurz getragen haben. Seinen Atemstößen nach zu urteilen war er eigentlich schon ziemlich aus der Puste, denn er schnaufte förmlich. Mit einem finsteren Blick stapfte er auf Wallace zu, doch spurtete Wallace nach vorne und verpasste dem Bärtigen einen kräftigen Schlag mitten in den Solarplexus. Dieser stöhnte auf und krachte zusammen. Mit selbstsicherem Tritt ging Wallace ein paar Schritte vorwärts und lauschte. Er konnte hören, wie sich etwas zwischen den Bäumen bewegte.

Plötzlich traten drei weitere Haudegen zwischen den Bäumen hervor. Sie alle sahen aus wie ganz normale Menschen, dachte sich Wallace. Ob sie wohl etwas gegen ihn gehabt hätten, wenn er nicht unbedingt hätte Brei haben wollen? Die Leute kamen näher. Einer von ihnen war in etwa so groß wie Wallace selbst, die anderen beiden kamen eher auf die Größe des Bärtigen. Was sollte er nun tun? Er könnte sie nicht alle mit bloßer Faust zur Strecke bringen, das wusste er. Auch wenn er seinen Spaß damit hatte Leuten nur mit den Händen oder eben eisenverstärkten Fäusten ordentlich eine reinzuhauen, dann war das jetzt nicht mehr der richtige Zeitpunkt. Das könnte sein Leben gefährden, dachte Wallace in diesem Moment, und er gefährdete es eigentlich nur sehr ungern. Wenn er doch nur nicht sein gesamtes Hab und Gut verloren hätte, dann könnte ... Wallace traf es wie einen Blitz. Er hatte nicht alles verloren, nein! Er hatte noch immer ein bisschen von diesem Pulver, das er bei seinem letzten Aufenthalt in der Stadt erstanden hatte. Auch wenn ihm langsam die Zeit knapp wurde, besser jetzt als nie. Gerade als die Angreifer keine sieben Meter mehr von ihm entfernt waren, griff er in seine Hosentasche, nahm eine Handvoll des Pulvers, holte weit mit seinem Arm aus und warf es mit voller Wucht in ihre Richtung. Die Männer schrien sofort bei Berührung mit dem Pulver auf und Wallace machte sich daran, wieder Distanz zwischen sie zu bringen. Er erinnerte sich an die Worte des Händlers: „Das Zeug ist sein Gold wert, glaub mir. Aber sei dir gewiss, die Wirkung hält nicht länger als nötig!" Daran musste er kein zweites Mal denken, um noch etwas schneller zu gehen. Ohne Ahnung, was das Pulver genau machte, aber mit der Gewissheit, endlich wieder etwas sicherer zu sein, drang er immer tiefer in das Dickicht des Waldes ein, den man gemeinhin nur als die Wildnis bezeichnete.

Nachdem er bereits eine gefühlte Stunde in der Dunkelheit einen Pfad entlanggelaufen war, sich seine Augen zum Glück sehr schnell an diese gewöhnt hatten und er auch kein einziges menschliches Geräusch wahrnehmen konnte, wog er sich wieder in Sicherheit. Er selbst hätte sich selbst auch kein Stück weiterverfolgt, warum also sollte es jemand anderes tun. Auch wenn er etwas die Wärme eines schönen Lagerfeuers vermisste, musste er es eben machen, wie er es immer tat. Mit einem Ast stocherte er etwas unter einem gemütlich aussehenden Busch herum, um sicherzugehen, dass sich nicht bereits ein wildes Tier beheimatet hatte. Als er sich sicher war, dass er sich hinlegen konnte, tat er das auch. Unter dem Laub der Büsche war man vor den meisten Gefahren geschützt und vor allem davor, von jemanden entdeckt zu werden. Erst wenige Male ist jemand über ihn gestolpert und hatte ihn damit natürlich auch gefunden, aber das war nicht in diesem Wald. Hier war es vielerorts so dicht, dass kein Schwert einen Weg hätte schaffen können. Der Wald müsse alt sein, sinnierte Wallace wie er da so lag und ihm langsam die Augen zufielen.

Das Rascheln der Blätter im Wind ließ Wallace wach werden. Es war bereits hell und er rieb sich die Augen. Auch wenn der Boden hart und ungemütlich war, mittlerweile hatte er sich schon daran gewöhnt auf ihm zu schlafen und empfand es in Betten zu schlafen maximal als angenehme Abwechslung, keinesfalls aber als eine Art Erlösung. Dass er noch an derselben Stelle lag und lebte, konnte nur bedeuten, dass er es tatsächlich geschafft hatte zu entkommen. Er war eben ein geschickter Glückspilz, so dachte er sich.

Nachdem er für eine Weile da so unter den Blättern noch mit offenen Augen gelegen war, rollte er sich auf die Seite und stand auf. Er gähnte ausgiebig, streckte zuerst den einen, dann den anderen Arm und sog die Luft des Waldes ein. „Ahhh", machte er vernehmbar. Warum auch immer, er war heute gut gelaunt. Er schmatzte. „Wasser! Wasser!", äffte er nach, zu seiner eigenen Belustigung. Klar hatte er Durst, immerhin hatte er auch seine Feldflasche verloren, aber es sollte kein Problem darstellen etwas Trinkbares zu finden, zumal der Durst auch nicht unbändig zu sein schien. Einmal kurz umgeblickt hatte er schon wieder einen Pfad im Sichtfeld. In der Dunkelheit hatte er nicht erkannt, dass es sich bei diesem Pfad nicht nur um einen kleinen, schmalen Pfad, sondern sogar einem ziemlich breiten mit Radspuren von einem Karren handelte. War sein Orientierungssinn doch nicht so gut, wie er es immer dachte? Eigentlich hätte er alle großen Wege schon seit Tagen hinter sich lassen sollen. Doch das kann wohl den Besten passieren, empfand er. Da er bestimmt nicht in die Richtung der ehemaligen Verfolger gehen würde, nahm er die einzige andere Richtung, die ihm noch einfiel: von ihnen weg.

Nach ein paar Stunden Fußmarsch wurde der Wald immer lichter und lichter, immer freundlicher und immer sicherer. Wo in alles in der Welt war er hingelangt? Er erkannte nichts von dem wieder, was er hier vorfand. Ob er so weit gegangen war, dass er in die Fremde gelangte? Sah er sich selbst zwar als begeisterten Abenteurer und Draufgänger, war es, wenn es nach ihm ging, eine etwas unangenehme Art zu reisen, ohne eine Orientierung zu haben, an einem ihm unbekannten Ort zu landen. Er schritt nun etwas vorsichtiger und forschender voran. Was er wohl am Ende des Weges vorfinden würde? Er war schon an einigen Abzweigungen vorbeigekommen, diese waren dennoch nie mit Schildern oder ähnlichem versehen, wie es schien. Selbst wenn er es also gewollt hätte, hätte er nicht gewusst, wohin er gehen sollte.

Gerade, als er sich wieder bei sich selbst über seinen Durst beklagen wollte, kam der Weg zu einer Brücke. Mittlerweile waren die Bäume im Wald so weit auseinander, dass er den Sonnenstand sehen konnte. Es war seiner Einschätzung nach noch nicht einmal mittags, aber warum sollte er seinen eigenen Einschätzungen auch vertrauen? Bei der Brücke angekommen freute er sich mit einem breiten Grinsen über das leise Plätschern eines Baches. Dieser schien von einem der Hügel zu fließen, die sich neben Wallace auftaten. Er stieg an der Seite des Weges zum Wasserfluss hinunter und hockte sich hin. Sein Spiegelbild blickte ihn an. Seine sonst mittellangen, braunen Haare waren mittlerweile struppig und bis zu seinen Schultern gewachsen, seine rotbraunen Augen waren gezeichnet von tiefen Augenringen. Er erschrak vor sich selbst. Wie lange war er unterwegs gewesen, dass er sich so verändert hatte? Seit Ewigkeiten musste er sich nicht mehr selbst gesehen haben. Zwar blickte noch er aus dem Wasser zurück, aber irgendwie auch nicht. Seine sonst fülligen Wangen schienen mittlerweile eher die eines armen Bauernjungens zu sein und waren mit mehr Dreck als sonst überzogen. Er zog sich seine Handschuhe aus, legte sie neben sich auf den Boden und schöpfte mit den bloßen Händen ein wenig Wasser und wusch sich damit das Gesicht. Vielleicht würde er bald wieder auf andere Leute treffen, da sollte er schon zumindest auf etwas Sauberkeit achten. Für den Moment beschloss er nicht weiter über seine Erscheinung nachzudenken, er könnte jetzt sowieso nichts daran ändern, es hatte keinen Sinn, sich darüber den Kopf zu zerbrechen. Mit den Händen trank er so viel

Wasser wie er konnte, da er es nicht mit sich nehmen können würde. Mit einem Bauch voller Wasser blickte er auf. Erst jetzt fiel ihm bewusst auf, dass er den ganzen Weg niemandem begegnet war. War das hier eventuell gar nicht so ungewöhnlich? War es ein alter Weg? Nein. Er war nicht verwachsen, das heißt hier sind schon Leute durchkommen und das regelmäßig. Vielleicht war er einfach nur mal wieder zu vorsichtig, denn es war auch nicht unwahrscheinlich, dass Wege nur alle Tage verwendet wurden. Ohne sich weiter von seinen vorherigen Gedanken beirren zu lassen, ging er schnellen Schrittes weiter.

Seine Füße trugen ihn weiter und weiter. Mit dem Blick auf seine Schritte gerichtet, brauchte er einige Zeit bis er bemerkte, dass er längst aus dem Wald rausgegangen war. Er lachte leise über sein eigenes Weggetreten-Sein und blieb stehen. Seine Augen wanderten über seine Umgebung und er drehte sich in alle Richtungen. Den Wald hatte er schon ziemlich weit hinter sich gelassen, worüber er eigentlich doch recht froh war. Um ihn herum fand er eine von Gras überzogene Hügellandschaft vor, mit Bäumen, die vereinzelt der Witterung trotzten. Hier und da konnte man auch ein größeres Büschel hübscher bunter Blumen entdecken und … es traf ihn wie einen Schlag. Noch nie zuvor in seinem Leben war er hier gewesen. „Das kann nicht wahr sein, das …!", sprach er komplett verständnislos. Hektisch sah er sich um und peilte den nächstgelegenen hohen Hügel an. Mit großen Schritten lief er hinauf, um so schnell wie möglich einen Überblick zu gewinnen. Auf einem Stück lehmigen Boden zog es ihm für einen kurzen

Moment die Füße weg und er machte seine Hände und seine Hose schmutzig. „So'n Mist!", murmelte durch seine zusammengebissenen Zähne. Aufgerappelt ging er mit bedachteren Schritten weiter den Hügel hinauf. Oben angekommen sah er sich mit einem Staunen um. Tatsächlich, er war hier noch nie gewesen, doch hatte er eine leise Vermutung, wo er sich befand, auch wenn es ihn nicht sehr erfreute. Beziehungsweise bestätigte sich seine Vermutung, die er aber wieder verdrängt hatte. Er war tatsächlich in der Fremde gelandet. Es musste so sein. Weit ab von zuhause. Einmal quer durch die Wildnis, das undurchdringliche Dickicht der Wildnis! Aber wie? Er war doch gar nicht so weit gegangen, zumindest würde er sich doch an diese Strecke erinnern! „Die Fremde … die Fremde …", grübelte er. Er versuchte sich zu erinnern, was ihm alles darüber bekannt war. Ohne seiner Landkarte tat er sich leider doch etwas schwer. Nur wusste er, dass zumindest aus seinem Stadtgebiet Weißfluss, noch nie jemand überhaupt so weit gegangen war. Nicht, dass von ihnen jemals überhaupt wer weit gegangen wäre, eben so weit erst recht nicht! War er vielleicht der Erste? Niemals wurde über jemanden berichtet, dem dies gelungen war. Fast freute er sich schon darüber, bis ihm bewusst wurde, dass er eine Ewigkeit von seiner Heimat und allem, was ihm tatsächlich vertraut war, entfernt war. Er hatte nichts bei sich, außer dem was er am Leibe trug, und auch keine Ahnung wie er es jemals wieder zurück schaffen sollte. Ein Hauch von Panik überfiel ihn. Er war allein! Langsam setzte er sich auf den Boden. Für einen kurzen Moment war er tatsächlich fassungslos. Aber er wäre nicht Wallace, wenn er diese

Situation nicht meistern würde! Wichtig, fand er, wäre es erst einmal etwas Zivilisation zu finden. Am Stand der Sonne las er ab, dass es Nachmittag sein müsste und er noch ein paar Stunden Zeit haben sollte, um etwas zu finden. Er musste die bedrückenden Gedanken ablegen. „Den Kopf nach oben, die Beine nach vorne!", dachte er sich immer wieder. Mit jedem Schritt gelangte er weiter in das Ungewisse, in „die Fremde", so wurde dieser Ort, an dem er sich befand, in den Büchern und auf den Karten seiner Herkunft bezeichnet. Wenn er so darüber nachdachte, wäre es wohl umgekehrt genauso. Die Leute, die hier wohnen, müssten, vorausgesetzt sie selbst waren auch noch nie auf der anderen Seite der Wildnis, auch über seine Herkunft denken wie er über Ihre. Vermeintlich unerforscht. Wieder war er gedankenverloren und versuchte sich einen Reim auf das Ganze zu machen. Die Hügel zogen an ihm vorbei und gerade als seine Waden anfingen zu schmerzen, sah er in nicht allzu weiter Entfernung eine kleine Ansiedlung an Häuschen. Sie schienen einfache Konstruktionen aus Holz und Stroh zu sein, woraus Wallace schloss, dass es sich um ein Bauerndorf handeln müsste, so wie er es aus seiner Umgebung kannte. Seine Schritte wurden schneller. Er verwarf alle Zweifel darüber, ob die Bewohner ihm wohl freundlich oder unfreundlich gesonnen sein würden. Dafür war jetzt keine Zeit, immerhin wollte er heute ausnahmsweise nicht unfreiwillig verköstigt werden, sondern war eher daran interessiert, mehr über diesen Ort zu erfahren. Je näher er dem Dorf kam, desto eher wichen die schier unendlichen Gräser bewirtschafteten Flächen mit Ackerfurchen. Vereinzelt konnte man weiter entfernt Leute noch auf den Feldern arbeiten sehen, mit Pflügen und Hacken, wie Wallace annahm. „Zum Glück ist was los hier", sagte er sich selbst. Nachdem er den gesamten Marsch im Wald seit der Sache mit dem Brei keiner Menschenseele mehr begegnet war, hatte er sich schon gesorgt, dass es hier auch niemanden gab, auf den man hätte treffen können.

Wallace war jetzt nah genug, um zu erkennen, dass es sich um eine größer als angenommene Anhäufung von Gebäuden handelte. Manche waren im Fundament sogar mit Stein angelegt worden, was ihn darauf schließen ließ, dass die Besitzer dieser mehr Mittel hatten als die der Häuser ohne Stein. Wer in aller Welt würde denn in dieser Einöde leben, fragte er sich, immerhin gab es hier außer Wald und Wiese und ein paar Hügeln doch nichts, was einen halten könnte. Vielleicht, wenn man eher einer der sesshaften Typen wäre? „Hallo, Ihr da!", sagte eine Stimme und Wallace schrak leicht auf. Gedankenverloren war er bis in das Innere des Dorfes gegangen. Hier war der Weg, auf dem er gekommen war, kein Weg mehr, sondern eher eine matschige Fläche, die sich, wie er sah, in viele, kleinere matschige Wege teilte, welche sich alle durch und um das Dorf wanden. Er blickte in Richtung des Sprechers und sah einen jungen, blonden Burschen, vielleicht gerade erst erwachsen, der ihn mit einer fragenden, aber höflichen Miene ansah. „Ich kenn' Euch nicht. Was macht Ihr hier?", fragte dieser. Wallace sah, dass der Bursche alles in allem von oben bis unten schmutzig war. Wenn er gewettet hätte, dann darauf, dass dieser bestimmt nicht in einem der steinernen Häuser wohnte. „Nur auf der Durchreise", antwortete er knapp. Könnte er ihm davon erzählen, dass er aus dem Wald hierher kam? Er selbst wäre Leuten aus dem Wald immer recht misstrauisch gegenüber, vor allem, wenn diese behaupteten aus fremden Orten zu sein. Nein, er würde nicht die Wahrheit sagen und weder was von dem Wald, noch von Weißfluss erwähnen. „Durchreise? Wohin soll's denn gehen? Doch nicht etwa in die Stadt?", fragte der Blonde neugierig. „Äh … ", machte Wallace und kratze sich am Hinterkopf, „doch, natürlich in die Stadt. Wohin sollte ich sonst wollen?" „Mein Name ist Wallace", stellte er sich noch nach einer kurzen Pause vor. Der Bursche sah ihn kurz etwas wunderlich an, antwortete dann aber selbstsicher: „Ich heiße Theren, ich bin der Sohn von Gendrin. Meinem Vater gehört hier etwas Ackerland und ich helfe ihm damit." Wallace musste lächeln. So eine nette Vorstellung hatte er schon seit langem nicht mehr gehört. „Freut mich, dich kennenzulernen, Theren, Gendrins Sohn", meinte Wallace und deutete eine kleine Verbeugung an, welche Theren erwiderte. „Sag Theren, du kannst mir nicht zufällig dabei helfen für heute Nacht einen Schlafplatz zu finden, oder doch?" Wallace hoffte stark auf eine positive Antwort. Es sehnte ihn und seine Waden doch sehr nach etwas Bequemlichkeit, nicht nach weiteren Schritten, die zu gehen waren. „Wenn du kein Problem damit hast in unserem Stroh zu schlafen, dann wirst du heute zumindest ein Dach über den Kopf haben".

Wallace war froh, dass Theren ihm bisweilen keine weiteren Fragen gestellt hatte. Immerhin wäre es für ihn sehr schwierig gewesen über die Namen der Orte Bescheid zu wissen. Selbst bei einem netten Plausch könnte schnell auffallen, dass er keine Ahnung von der Gegend hatte. Allerdings fand er die Stadt, von der der Bursche vorher gesprochen hatte, interessant genug, um unbedingt weiterzuwollen. Dort konnte er erst mal wieder dafür sorgen, dass er sich einige Ausrüstungsgegenstände besorgte. Natürlich wäre ein Fortbewegungsmittel nicht schlecht gewesen, doch, wenn es hier so wie bei ihm zuhause war, dann müssten Pferde ein teures Gut sein und Pferdediebe gehängt werden. Da der Strick nicht unbedingt die Art von Ende war, die er für sich selbst vorgesehen hatte, war es ihm lieber darauf erst mal zu verzichten. Theren hatte ihm mittlerweile ein paar matschige Straßen weiter zu seinem eher bescheidenen Heim geführt. Es war ein Haus aus Holz, welches mit einer dicken Schicht Stroh bedeckt war. In der Höhe vielleicht zweieinhalb Mann hoch und mehrere breit. Daneben war ein kleiner Schuppen, in dem Wallace seinen Nächtigungsplatz vermutete. „Hier kannst du heute schlafen", sagte Theren und deutete dabei, wie erraten, auf den Schuppen. „Ich erwähne es bei meinem Vater aber erst gar nicht, dass du hier bist. Er ist nicht so gutmütig dieser Tage." Wallace nickte erst verstehend, aber war dann doch etwas neugierig, was er damit wohl gemeint haben könnte. „Warum ist dem so?", fragte er vorsichtig. Dann erzählte ihm Theren von den Geschehnissen der letzten Wochen, die sich in diesem Lande zutrugen. Er erzählte von irgendwelchen Schwierigkeiten mit einer

Garde, deren Name Wallace nicht verstehen konnte. Anscheinend hatte diese Garde ihnen auch einen nicht zu missachtenden Teil ihres Landes einfach beansprucht und sie konnten sich nicht dagegen wehren, da sie doch nur einfache Leute waren. Wallace versuchte zwar genau aufzupassen und das nicht unbedingt weil ihn die Probleme dieser Leute interessierten, sondern weil er so viel wie möglich über das für ihn unbekannte Land erfahren wollte. Doch mehr als, dass Therens Vater Gendrin seit dem Besuch der Garde noch schlechter gegenüber Fremden eingestellt war, erfuhr Wallace von Theren nicht. Wallace nickte verständnisvoll und versuchte höflich zu sagen: „Das tut mir leid für euch. Ich hoffe, dass es sich für euch wieder zum Guten wenden wird."

Der blonde Bursche nickte trübsinnig und Wallace öffnete die Tür zum Schuppen. Er versicherte Theren, dass er morgens schon wieder verschwunden sein würde, wobei dieser ihm noch etwas Brot und Wasser anbot, welches sie noch von ihrer eigenen Mahlzeit übrig hatten. Wallace nahm das Angebot dankend an und nur kurze Zeit später kam der Bursche mit einem mittelgroßen Stück Brot und einem Krug Wasser zu ihm. Er bedankte sich herzlich dafür, immerhin hatte er tatsächlich schon Hunger bekommen. Aber er würde sich etwas für seine Reise sparen, dachte sich Wallace. Theren schien gerade gehen zu wollen, da fragte Wallace ihn mit einem Stück Brot im Mund: „Sag mir, welcher ist der kürzeste Weg zur Stadt? Ich will morgen so früh wie möglich ankommen."

Nachdem Theren gegangen war, aß Wallace noch eine gute Weile an dem doch etwas zähen und trockenen Brot und legte sich schließlich weniger zur Seite als anfangs geplant. Mit dem Wasser befeuchtete er sich seine mittlerweile sehr trockene Kehle, woran zu einem Teil der weite Weg, zum anderen das Brot Schuld hatte. Er ließ nur ein paar Schlucke für die Nacht übrig. Wallache genoss das Gefühl von zwei aufeinanderfolgenden Tagen mit Essen im Bauch, obwohl ihm bei dem Gedanken an den Brei wieder das Wasser im Mund zusammenlief. Er machte es sich gemütlich und legte sich mit den Händen hinter den Kopf verschränkt quer über das Stroh. Kein Bett, aber auch kein Unterholz, dachte er. Vielleicht redete er sich manchmal einfach nur ein, dass einfacher Boden genauso bequem war, um nicht andauernd an Komfort denken zu müssen. Immerhin hatte er sich auch daran gewöhnt Dinge zu Essen, die vor nicht einmal allzu langer Zeit nicht seiner Vorstellung entsprochen hätten. So lag er noch eine Weile da und starrte in die Dunkelheit und dachte über das Leben und vor allem sein Leben nach. Er, ganz auf sich gestellt, in der Fremde. „Bis jetzt lief doch noch alles ganz gut", dachte er sich noch und schlief dann mit halbwegs vollem Bauch und zufriedenem Blick ein.

Loderndes Feuer um ihn herum. Wallace bekam fast keine Luft. Der Rauch war bereits überall. Er musste stark husten, so stark, dass er dachte, seine Lunge würde jeden Moment mit nach oben kommen oder platzen. Mit jedem Mal atmete er aber auch mehr Rauch ein. Wo war er? Er konnte sich nicht erinnern. Panik überkam ihn. Es schien, als ob er im Inneren eines Raumes wäre. Vielleicht war da eine Tür oder ein Fenster, welches er erreichen konnte? Ja, keine fünf Meter entfernt, er musste nur hinkommen. Schnell lief er hin und suchte hektisch nach einem Weg, es zu öffnen. Ihm war schon ganz schwindelig, daher konnte er es sich nicht leisten, lange nach einer Lösung zu suchen. Mit einem Blick auf seine Hände kam ihm die Idee. Er ging einen Schritt zurück und schlug mit voller Wucht auf den geschlossenen Fensterladen ein und mit einem Krach, welcher fast schon vom Prasseln der Flammen übertönt wurde, zersprang er. Wallace kletterte schnell aber vorsichtig aus dem Fenster und stand in einer schmalen Gasse. Nicht nur das Gebäude, sondern alle Gebäude um ihn herum schienen in Flammen zu stehen. Entschlossen rannte er die Gasse nach unten, da dort eine breite Straße zu sein schien. Dort angekommen fiel ihm auf, dass er noch keinem einzigen Menschen begegnet war. Was war hier los? Alles brannte und niemand versuchte das Feuer zu löschen. Wallace wollte nicht stehen bleiben, nein, er musste weitergehen und jemanden finden, das wusste er. „Ist denn niemand hi…", abrupt schnitt es ihm das Wort ab. Vor ihm türmte sich ein Berg von Leichen auf, alle auf einen Platz aufeinandergestapelt. Seine Augen waren weit aufgerissen und er war sprachlos. Die Zeit schien langsamer zu laufen. Um ihn herum wurde es still, als gäbe es kein Feuer. Im Leichenberg stach eine ganz besonders heraus. Sie hatte braunes, längeres Haar und rotbraune Augen und … Wallace. Wie konnte es sein, wenn er doch hier steht, dass er da liegt? Wie?

Das Krähen eines Hahnes in der Ferne. Man hörte, dass es bereits geschäftiges Treiben im Dorf gab und das, obwohl es noch nicht so hell sein konnte, dem Lichteinfall durch die Schuppendecke nach zu beurteilen. Wallace richtete sich auf und nahm einen Schneidersitz ein, um sich den Sand aus den Augen zu reiben. „Was war das den für ein Traum?", fragte er sich selbst leise. Er träumte nicht oft, deshalb fühlte es sich für ihn auch fremd an, wenn er darüber nachdachte. Wie immer beschloss er sich erst zu einem späteren Zeitpunkt darüber Gedanken machen zu müssen. Immerhin wollte er heute weiterreisen, auch wenn es ihn beunruhigte. Ein paar kräftige Schlucke aus dem Krug später stand er auf, wischte sich mit dem linken Arm den Mund ab und trat nach draußen. Es schien ein ziemlich sonniger Tag zu sein. Er genoss das Gefühl der Sonne auf dem Gesicht. Mit einem tiefen Atemzug und den Augen nach vorne gerichtet nahm er einen Schritt nach dem anderen. „So macht das Gehen Spaß", sagte er sich selbst, um sich zu motivieren. Auch wenn es ihm leid tat, dass er sich von Theren nicht verabschiedet hatte, war er sich sicher, dass er ihn irgendwann wieder sehen würde. Er kam wieder an einem Haus mit einem dieser steinernen Fundamente vorbei, heute standen davor zwei Wachmänner mit Wappenröcken, wie es schien. Ob die wohl Teil dieser Garde waren? Sie waren die Einzigen an diesem Ort, die er offen Waffen tragen sah. „Nicht dein Problem, Wallace", dachte er sich, während er an ihnen vorbeiging. Mit schnellem Schritt bog er auf den Weg ab, welchen Theren ihn gestern noch beschrieben hatte.

Kapitel 2 – Krähenhain

Es war ungefähr Mittagszeit, als Wallace gemütlich auf dem Marktplatz von Krähenhain schlenderte, auf dem auch um diese Zeit ein geschäftiges Treiben stattfand. Nun waren es mittlerweile annähernd zwei Wochen gewesen, die er hier bereits verbracht hatte. Er hatte sich schon etwas eingelebt, in dem für ihn so fremdartigen aber doch irgendwie vertraut erscheinenden Land und hatte Zeit dafür gefunden seine Haare zu pflegen – er hatte sie sich gewaschen und nun des Öfteren aus dem Gesicht gebunden – und frische Kleidung besorgt, wobei er bei dieser Aufgabe etwas Hilfestellung von der freundlichen Gastwirtin in der Taverne zum reisenden Ochsen, in der er untergekommen war, erhalten hatte. Auch wenn er sonst nur mäßig auf seine äußere Erscheinung achtete, hier wollte er, da er doch sowieso schon fremd war, nicht auch noch unnötig durch ein heruntergekommenes Äußeres auffallen. Nach zwei Wochen des Aufenthalts war es für ihn doch noch immer fremd hier, selbst wenn man augenscheinlich auf den ersten Blick keinen Unterschied bemerken würde, war es hier doch anders, als in seiner eigenen Heimat. In der Taverne versuchte er immer so viel wie möglich aufzuschnappen, um eventuell etwas über die Gegend und ihre politische Situation zu erfahren. Doch hatte er wohl die eine der wenigen Tavernen gefunden, die nicht als Diskussionsplattform genutzt wurde, auch nicht, nachdem genug getrunken wurde, abgesehen davon, dass die

Leute hier einige Wörter verwendeten, die Wallace nicht verstand. Glücklicherweise sprachen Menschen viel lieber, als dass sie zuhörten, wodurch es nicht weiter aufzufallen schien, dass er nicht den dieselben Dialekte sprach.

Einstweilen hatte er der freundlichen Gastwirtin Linda in ihrem Betrieb und einigen Kaufleuten tüchtig dabei geholfen ihre Waren von einem Ort an den anderen zu tragen, wofür er mit einer nicht zu verachtenden Zahl an Silbermünzen entlohnt worden war. Nun würde er sich mit einem Teil eben dieser Silbermünzen, einen wichtigen Teil seiner Ausrüstung wieder zu besorgen versuchen. Doch versäumte er es nicht auch bei anderen Ständen die Waren zu begutachten, die diese offen ausgelegt hatten und den Gesprächen der Marktplatzbesucher zu lauschen. Manchmal musste er lächeln, wenn er das Sortiment eines Standes sah. Zuhause, so dachte er sich, hatte man doch hundertmal mehr Auswahl! Seinem individuellen Maß nach war Krähenhain weder eine kleine, noch eine große Stadt, aber wesentlich größer als Weißfluss und trotzdem ließ die Auswahl an Waren zu wünschen übrig. Zuhause hätte er an bestimmten Tagen alles kaufen können, was ihm in den Sinn gekommen wäre und noch mehr, hier allerdings war man beschränkt auf normale Lebensmittel und Schmiedegüter. Wenn er doch nur hätte fragen können, warum sie gewisse Güter nicht hatten, aber wie auffällig wäre das gewesen? Vermutlich hätte er nur ein: „Was soll'n das sein?", zurückbekommen, aber selbst darauf hatte er nicht wirklich Lust. Zum Glück suchte er im Moment auch nicht nach etwas Außerordentlichem, sondern nur nach einem einfach Stand mit Beuteln und Taschen aus Leder, welchen er auf den Marktplatz weiter unten vermutete.

„He, pass doch auf, du Bengel!", hörte Wallace einen Mann sagen, der seiner Ausrüstung und seinem Gewand nach der Garde von Krähenhain angehörte. Dieser schubste dabei einen Jungen aus dem Weg, der ihm vor die Füße gelaufen war. Das war nicht das erste Mal, dass Wallace eine passive Begegnung mit der Garde hatte. Zwar waren sie zweifelsohne Rüpel und warum sie sich so etwas erlauben durften, darüber war er sich bis jetzt noch nicht im Klaren. „Warum aber nur haben die so eine Macht, einfach irgendwelchen Bauern ihr Land wegzunehmen? Und warum hätte Theren gelogen?", meinte Wallace zu sich selbst, „Das ergäbe auch keinen Sinn." Vorerst würde er sich nicht einmischen, da war sich Wallace sicher gewesen, denn in irgendeinem fremden Kerker zu verrotten half auch niemanden. Kopfschüttelnd ging er weiter.

Nach einer Weile des Schlenderns fand er schlussendlich einen Stand, der seinen Vorstellungen entsprach. Der Händler erkannte anscheinend, dass er an seiner Ware Interesse zeigte und fragte ihn mit überfreundlicher Stimme, ob er ihm den behilflich sein könne. Wallace nahm seinen Münzbeutel in die Hand und bat um eine Auswahl der Taschen und als der Händler sich umdrehte, um welche zu holen, da fügte er noch mit etwas lauterem Ton, damit der Besitzer des Standes ihn hören konnte, hinzu: „Zumindest genügend Platz für meinen Trinkschlauch und etwas Proviant sollte sie haben!"

„Fünfundzwanzig Silberstücke ...", grummelte er mit etwas schlechter Laune. Seine neue Ledertasche war zwar genau wie er sie sich vorgestellt hatte, der Preis war ihm allerdings doch schwer im Magen gelegen. Hätte er doch nur mehr Verhandlungsgeschick, dachte er sich, dann hätte er bestimmt weniger bezahlt und sich noch mehr leisten können. Abwesend klopfte er auf seine neue Tasche und sah sich um. Irgendwie gefiel ihm diese Stadt, auch wenn er nicht hätte sagen können, warum es so war. Er fühlte sich wohl doch weniger fremd, als er vorerst angenommen hatte. Nun sah er die breite Straße hinauf, welche vom Marktplatz aus abzweigte und sich bis auf das obere Ende des Stadthügels erstreckte. Er war sie bisher noch nie ganz abgegangen, also entschloss er sich dazu, dies nun nachzuholen. Links und rechts, zwischen den zahlreichen Gebäuden, gab es immer wieder kleine Seitengassen, in die man hätte gehen können, um wieder auf eine der anderen Straßen zu landen, welche ihrerseits wieder zum Marktplatz führten. Nach einer Weile erweckte ein Gebäude mit einem abweichenden Aussehen seine Aufmerksamkeit. Der Eingang bestand aus einem großen Flügeltor, welches selbst nochmal normale Türen hatte. Wallace blieb stehen und betrachtete das Gebäude. Es war groß mit vielen Wandöffnungen und hatte ein ziegelgedecktes Dach und weiße Mauern. Über dem Eingang war ein Schriftzug, den Wallace aber nicht entziffern konnte. Es musste eine Sprache sein, die er nicht kannte. Da fiel ihm wieder ein, dass das Gebäude auf die Beschreibung passte, die Linda ihm von der Stadtbibliothek gegeben hatte. Was für ein Zufall, dachte er sich und rollte etwas mit den Augen. Wohl

war er ohne es bewusst zu wollen der Wegbeschrei-
bung der Gastwirtin gefolgt. So groß und weitläufig
das Gebäude war, schien Krähenhain eine sehr wiss-
begierige Stadt zu sein. Um nicht weiter zu trödeln,
peilte er die einzige Tür an die offen stand und trat
über die Schwelle. Es war zuerst dunkler als erwartet, aber er gewöhnte sich schnell an den Unterschied
zwischen innen und außen. Er fröstelte etwas. Die
Mauern der Bibliothek hatten eine solche Dicke, dass
es fast ein anderes Klima zu sein schien. Außer ein
paar Schritten auf kaltem Steinboden die widerhall-
ten, war nichts zu hören. Ein paar Meter weiter saß
ein Mann in einer braunen Robe gekleidet bei einem
Sekretär und beschrieb ein Blatt Pergament, während
er immer wieder den Blick in ein Buch richtete. Das
müsse der Bibliothekar sein, dachte sich Wallace
scharfsinnig und trat auf ihn zu. Der Mann blickte
auf und legte sein Schreibzeug beiseite. „Kann ich etwas für Euch tun?", sagte dieser mit einer solchen
Langeweile in der Stimme, dass Wallace das Gefühl
hatte, man könne damit Leuten beim Einschlafen helfen. „Bücher über die Geschichte dieses Landes, suche ich", antwortete er mit gesenkter Stimme und etwas Furcht, dass er sich ungewöhnlich ausdrückte.
Ohne ein Wort rückte der Bibliothekar seinen Stuhl
nach hinten, welches ein grauenhaft lautes Geräusch
von sich gab und durch das ganze Gebäude drang.
Er deute Wallace ihm zu folgen, was dieser auch tat.
Es waren nicht viele Leute hier oder zumindest waren es nicht viele Leute die er sah. Die Regale der Bibliothek reichten nämlich bis zur Decke und die Gänge dazwischen schienen schmal. Ein bisschen musste
er schon staunen, denn die Stadt besaß eine beachtli-

che Anzahl an Büchern. Er war fast schon ein bisschen neidisch, als plötzlich der Bibliothekar stehen blieb und auf einen Gang deutete. „Hier findet Ihr alles, was wir über Geschichte besitzen", sagte dieser, verneigte sich knapp und verschwand dann zwischen den Buchreihen wieder in Richtung Eingang. „Also, was nun zuerst?", fragte sich Wallace selbst. Er schritt zwischen den Regalen, die der Mann ihm gezeigt hatte hin und her und suchte mit dem Finger auf den Buchrücken nach etwas, dass allumfassend klang. „Geschichte der Grafschaft Mühlfurt von … nein. Historie der edlen Herren aus Karindbach … auch nicht …", murmelte er, „Aufzeichnung der vergangen Geschichte des Landes Lo… Lovdien?" Er nahm das, zugegebener Maßen schwere, Buch aus dem Regal und trug es zu einem der Tische. Den Namen hatte er doch schon Mal gehört, da war er sich sicher. Könnte so die Fremde eigentlich heißen? Mit einem etwas zu lauten Knall ließ er das Buch auf den Tisch fallen. Kurz sah er über seine Schulter, um zu sehen ob jemand kommen und sich darüber beschweren würde, aber dem war nicht so. Nun schlug er es auf. „Aufzeichnung der vergangenen Geschichte des Landes, erste Fassung von Edward von Halen … ja-ja, ahh … das Königreich Lovdien wurde ausgerufen im Jahre 200 der zweiten Zeitrechnung …", las Wallace flüsternd mit. Ein Königreich also, dachte er sich. Stürmisch fing er an zu lesen, eine Seite nach der anderen. Soviel wie möglich wollte er herausfinden.

„Sag mir, Linda", fing Wallace vorsichtig an, während er ein Fass mit Honigwein aus dem Keller die

Treppen hinauftrug, „was weißt du eigentlich über das Königshaus?" Die letzten Tage hatte er sehr viel Zeit in der Bibliothek verbracht, um mehr über die Lande Lovdien zu erfahren. Er war sich aber mittlerweile sicher, dass er nicht einfach nur alle Bücher der Standbibliothek lesen konnte, sondern er musste zumindest auch mit den Leuten aus Krähenhain reden. Auch wenn er das Gefühl hatte, dass solche konkreten Fragen schnell auf Verwirrung stoßen können, war es ihm das Risiko auf jeden Fall wert. So viel wie möglich zu erfahren, um schlussendlich nach Hause zurückzukehren und seinen Menschen von der Fremde zu erzählen. Er würde berühmt werden! Doch bisweilen taten sich mit jeder beantworteten Frage immer nur noch mehr Fragen auf als zuvor. Allem Anschein nach war Lovdien nicht nur ein Königreich, sondern auch in haufenweise untertänige Grafschaften unterteilt, die jeweils die Herrschaft über ihr Gebiet hatten, in einer mehr oder minder eingeschränkten Art und Weise. Aus wem bestand dieses Adelsgeschlecht und wer war der Graf dieser Stadt? Alles Weitere müsse er wohl alleine herausfinden dachte sich Wallace etwas bedrückt, denn wie würden die Leute auf die Frage: „Wie heißt der Graf hier nochmal?" reagieren, wenn nicht mit Verständnislosigkeit? Linda machte bei der Frage einen etwas verzwickten Gesichtsausdruck, das konnte Wallace erkennen. Sie wischte sich ihre blonden Strähnen aus dem Gesicht, drehte sich um und lehnte sich gemütlich gegen die Theke. Mit verschränkten Armen und nachdenklichem Blick antwortete sie: „Nicht viel, um ehrlich zu sein. Wir liegen doch so weit von der Königsstadt entfernt, man bekommt heute gar nichts mehr mit. Weiß gar nicht, wann das letzte Mal jemand von dort hier ankam." Sie stieg von einem Fuß auf den anderen. Wallace hatte mittlerweile das Fass zum Tresen befördert und sich daraufgesetzt. Er antwortete nichts und wartete darauf, dass Linda noch etwas dazu sagen würde. „Aber", fuhr sie mit einer gerunzelten Stirn fort, „ich weiß natürlich, dass nur Leute aus dem Königshaus den Namen Elren tragen und, dass es das einzige Geschlecht war, dass seit der Ausrufung vor genau 165 Jahren regiert." Wallace grinste leicht. Endlich wusste er, in welchem Jahr man sich nach der Zeitrechnung dieses Landes befand. Natürlich hatten sie eine andere Zeitrechnung, denn in seiner Heimat rechnete man mit der Gründung des Reiches, welche nun schon über 873 Jahre zurücklag, wenn er sich nicht irrte. Seit seiner Ankunft hatte noch nie jemand ein Datum ausgesprochen. Elren als Name des Königsgeschlechts hatte er schon am zweiten Tag seiner Lesestunden in der Bibliothek gefunden, doch wie auch Linda, schienen die Geschichtsschreiber aus dieser Grafschaft nicht sehr viel Genaues über die Familie zu sagen zu haben, noch, wer gerade regierte. Es schien, dass es einfach viel zu lang dauerte, solche Informationen an die äußeren Grenzen eines Königreiches zu tragen. Er sprang auf. „Hm, du bist also nur ein bisschen schlauer als ich", sagte Wallace mit einem lustigen Unterton, damit Linda es nicht als böse gemeinte Bemerkung auffassen konnte. Sie lächelte ihn an und ging dann in den Schankraum, wohl um nach den Gästen zu sehen. Er stand auf und lächelte auch. Froh darüber in ihrer Taverne gegen etwas Hilfe bleiben zu dürfen, ging er ein weiteres Fass aus dem Keller holen.

Nachdem er noch ein paar Fässer geschleppt und Kisten sortiert hatte, war die Arbeit für den Tag erst einmal wieder getan. Er wollte es sich mal wieder im Schankraum gemütlich machen. Die Taverne war an vielen Stellen weniger mit Licht erfüllt, als man es sich hätte wünschen können, doch waren die Sitzmöglichkeiten bequemer, als alles, was er in den Monaten davor hatte. So kam es, dass er gerne etwas Zeit darin verbrachte und wenn mal wieder nicht sonderlich viel los war, so wie an diesem Tage, spielte er auch gerne mit Linda und Gästen die Lust hatten, eine Partie 17. Ein Würfelspiel, bei dem, wenn man denn wollte, sein ganzes Hab und Gut verlieren konnte. Bis jetzt hatten nur beide gegeneinander gespielt, als zwei Männer der Krähenhaingarde in voller Montur in dem Gastraum eintraten und, nachdem sie sich kurz umgesehen hatten, sich zu ihrem Würfeltisch bewegten. „Hier wird also gewürfelt?", sagte einer der beiden Gardisten und warf, nachdem er ihn mit einem schleimigen Gesichtsausdruck von seinem Gürtel gelöst hatte, seinen Geldbeutel auf den Tisch. Er nahm sich einen Stuhl und setzte sich zu ihnen. Der zweite setzte sich auch zu ihnen und beide nahmen ihren Helm ab. Linda und Wallace blickten sich vielsagend an. Sie schien genauso genervt von den beiden zu sein, wie er selbst. „Gibt's hier nichts zu trinken, mh?", sagte der erste mit übertriebenem Verblüffen auf dem Gesicht und Linda bat höflich um ihre Wünsche. Als sie beide ihre Getränke bekommen hatten, setzten sie eine beachtliche Summe. So beachtlich, dass Wallace sich gar nicht mehr sicher war, ob er denn noch mitspielen wollte. Einmal, so dachte er sich, könnte er es auch riskieren etwas mehr zu verlieren. Also ging er mit dem Einsatz mit, auch wenn es ihm etwas schwerfiel. Linda, die nicht mehr so gute Laune hatte wie zuvor, tat dasselbe mit einem Blick, der sehr nach Entschlossenheit aussah. Alle würfelten sie. Wallace hatte dieses Spiel das erste Mal gespielt, als er die ersten paar Tage hier war. Bei ihm zu Hause gab es diese Form von Würfelspiele nicht, doch hatte es ziemliche Ähnlichkeit mit einem Kartenspiel, welches er hin und wieder spielte und bei dem man auch auf eine gewisse Zahl, oder dieser so nahe wie möglich, kommen musste. Bei diesem Spiel war es die 17. Er würfelte zuerst eine sechs. Alle setzten nochmal. Wieder, eine sechs. Ihm wäre dabei fast die Miene verrutscht, hatte sich aber nochmal unter Kontrolle gehalten. Wieder setzten alle. Und er würfelte eine sechs. Er war darüber und somit draußen. „Ich bin raus", sagte er mit getrübter Stimme. Mist, er hatte doch nicht gerade wirklich fast sein gesamtes Geld in so einem Spiel verloren! Doch ging es noch weiter, wobei Linda diesmal nicht würfelte, nur setzte und zufrieden grinste. Die beiden Gardisten sahen leicht unsicher aus, zögerten und entschieden sich dann doch noch weiterzuwürfeln. „Ich will sehen", sagte der erste. Der zweite hob zuerst seinen Becher. Er hatte 14. „Ha!", kam es dem ersten aus, welcher danach seinen Becher hob. Linda sah so ruhig aus, dass Wallace den Verdacht hatte … gleichzeitig hob Linda mit einem breiten Grinsen den Becher und offenbarte ihre 17, gegenüberstehend zu der 16 des Gardisten. Dieser sprang auf, kippte sein

Getränk mit dem Blick auf Linda gerichtet um und sagte zu seinem Kollegen: „Los, wir verschwinden wieder." Mit böser Miene verließen diese die Taverne. Zwar gingen sie ohne zu bezahlen, doch der Gewinn des Spiels brachte viel mehr ein, als es die Getränke getan hätten. Wallace und Linda mussten loslachen. „Ein schlechter Verlierer, wie es scheint", meinte Wallace, lachend. Linda stimmte ihm zu und gab ihm sein Geld aus dem Pot wieder. Wallace dankte ihr mit einem herzlichen Lächeln.

Wallace war mal wieder in Richtung Bibliothek unterwegs, welche, im Gegensatz zu der Taverne zum reisenden Ochsen, am obersten Ende der Stadt lag. Es war für ihn zur Gewohnheit geworden, immer wieder mehr als einen halben Tag zwischen verschiedensten Büchern über Lovdien zu verbringen. Wie jedes Mal versuchte er, eine andere Gasse als sonst zu nehmen. Er wollte eine gute Ortskenntnis erlangen, für alle Fälle. So bog er heute schon weit vor dem Marktplatz ein, sehr weit unten in der Stadt. Linda hatte ihm, wie die letzten Tage schon, wiedermal etwas Proviant für die Bibliothek mitgegeben. Linda. Bei dem Gedanken an sie lächelte er. Sie war von Anfang an so freundlich zu ihm gewesen und das, obwohl es doch augenscheinlich war, dass er irgendwie anders war und auch nicht von hier. Fast schon, so hätte er behauptet, war sie schon lange nicht mehr einfach nur seine Gastwirtin, die ihm ein Zimmer zur Verfügung stellte, sondern vielmehr eine gute Freundin geworden, mit einem Anteil von Mütterlichkeit, den er sehr schätzte. Die Gasse, in der er sich jetzt befand, war dunkler und unheimlicher als die, die er sonst nahm und irgendwie auch dreckiger. Weiter oben in der Gasse befanden sich einige Betrunkene, denn es wurde gegrölt und gelacht, sodass man es nicht nur in der hier hören konnte, sondern wohl im ganzen Stadtteil. Zuerst wollte Wallace wieder umkehren, war sich dann aber doch sicher genug, weshalb er einfach an ihnen vorbei gehen würde. Dann sah er, dass ein Teil der mehr als ein halbes Dutzend zählenden Gruppe, mit dem Krähen bestickte Wappenröcke trugen, aber keine Rüstung dazu. Vermutlich waren es Gardisten, die gerade keinen Dienst hatten. Diese Gardisten hier, dachte sich Wallace, haben wirklich keinen guten Ruf. Sich dann aber auch noch öffentlich so zu geben, das zeugte von wenig Anstand. Er kam ihnen immer näher, konzentrierte sich aber lieber darauf, dass hinter ihnen direkt das Ende der Gasse lag. Noch bevor er aber bei ihnen angekommen war, stellten sich ein paar der Betrunkenen auf und alle fingen sie an zu lachen.

„Den lassen wa' nich' vorbei!", sagte einer mit Wappenrock lachend. Wallace wäre am liebsten wirklich umgekehrt, doch wollte er auch nicht die komplette Strecke wieder zurückgehen und so viel Zeit verschwenden, um in die Bibliothek zu kommen. Zwar ging er gerne, aber man kann es auch übertreiben. Er würde einfach kurz bei ihrem Spaß mitmachen, dann könnte er bestimmt gleich vorbei. Bei ihnen angekommen, hielten sie ihn an und bauten sich vor ihm auf. „Tut mir … tut mir leid! Ihr könnt hia' nich' vorbei", sagte einer, der sturzbetrunken zu sein schien, mit gespielter Höflichkeit. „Ja, genau! Du muss' uns was zu trinken kaufen, oder gehen!", stimmte ihm ein anderer zu. Wallace rollte leicht mit den Augen und wollte gerade ein paar Silbermünzen hergeben, immerhin war er es gewohnt sich hin und wieder aus Situationen herauszuschwindeln, als er bemerkte, wie einer der Leute, die bis zuvor nicht aufgestanden waren, ihn durchdringend anblickte. Auch er sah ihn an, nur um zu merken, dass es einer der Leute aus dem Wald war, die er mit dem Pulver beworfen hatte! Seine Haut war gerötet und schien sich aus dem Gesicht abzulösen. Er hoffte, dass sich dieser nicht an die Begegnung mit ihm, oder eher sein Aussehen erinnerte. Doch es kam wie es kommen musste und der, anscheinend nicht so sehr betrunkene, alte Bekannte sagte mit dem Finger auf ihn gerichtet: „Den kenn ich doch ..." Die anderen wandten sich teilweise zu ihm und sahen ihn etwas stirnrunzelnd an. „Das is' dieser Wallace, den wir brauchen! Hab's doch glei' gewusst!" Wallace gefror das Blut in den Adern. Woher wusste dieser Typ, den er vor dem Vorfall im Wald noch nie in seinem Leben gesehen hatte, wie er hieß? Sein Herz pochte so stark, dass es ihm aus der Brust zu springen schien und er war wie angewurzelt. Ihm schossen alle möglichen Gedanken durch den Kopf, doch zum Glück auch: „Du musst laufen!" Auf dem Absatz machte er kehrt, als hätte er sich diesen Befehl tatsächlich zugerufen, und fing an zu laufen, schneller, als er damals im Wald gelaufen war, so kam es ihm vor. „Los, ihm hinterher!", hörte er hinter sich. „So ein Mist, so ein Mist!", sagte Wallace, während er so schnell lief, dass er die Tasche festhalten musste, weil sie sonst mit jedem Schritt gegen seine Hüfte klopfte. Wo sollte er hinlaufen? Gleich wäre er beim Ende der Gasse angekommen, wohin danach? Er könnte einfach wieder nachhause laufen, wieder Richtung Wald. Doch wusste er schon nicht wie er hier her kam, also wie würde er so schnell wieder nach Hause finden. Hatte das ganze etwas mit dem Typen, der ihm vermutlich gerade hinterherlief, zu tun? Der kannte immerhin seinen Namen! Nein, er hätte dem ganzen auf den Grund gehen müssen, war aber bisweilen nur mit Geschichte beschäftigt gewesen. Er würde nicht eher versuchen heimzukehren, als bis zu jenem Zeitpunkt, an dem er wüsste, wie er hier überhaupt hergekommen war! Das Ende der Gasse kam immer näher und er war sich noch immer nicht im Klaren, wo er als Nächstes hinlaufen würde. Linda! Er könnte wieder in die Taverne. Doch würde das nicht auch sie in Gefahr bringen? Was blieb ihm anderes übrig, sonst konnte er doch nirgends hin. Er hoffte darauf, dass sie ihm das verzeihen würde. Mit einem Blick nach hinten bemerkte er, dass die Betrunkenen wohl gestürzt waren und es den nicht so betrunkenen Leuten erschwerten ihm schnell hinterher zu kommen. Wallace bog nach rechts ab und versuchte nicht allzu sehr aufzufallen, was sich als schwierig erwies, denn außer ihm lief niemand mit einem gehetzten Blick in den Straßen herum.

Er brach leicht verschwitzt und ziemlich außer Atem durch die Tavernentür herein. Linda sah auf und ging besorgt aussehend auf ihn zu. Wallace traf sich mit ihr in der Mitte und stützte dann schwer atmend die Hände auf den Beinen ab. „Warum bist du schon wieder hier Wallace? Was ist los!", fragte sie sehr besorgt. „Du wolltest doch in die Bibliothek?"

„Ich glaube, ich habe keine Zeit es dir jetzt zu erzählen. Bitte, du musst mich verstecken", antwortete Wallace schnell und machte dazwischen eine kurze Atempause. „Ich bin mir sicher, dass sie gleich hier sein werden." „Verstecken? Wehe du erzählst mir nicht alles!", sagte Linda mit einem ziemlich wütenden Unterton, bei dem er leicht unweigerlich zusammenzuckte. Mit einer Hand zog sie sich etwas ihren Rock, den sie während der Arbeit immer trug, hoch, um beim Laufen nicht davon behindert zu werden und deutete ihm mit der anderen Hand, ihr zu folgen. Wallace war ziemlich angespannt angesichts der Situation, in die er sich und Linda gebracht hatte. Wäre es nach ihm gegangen, hätte er zuerst die Angelegenheiten geklärt und wäre dann wieder hier her gekommen, aber dafür kannte er einfach zu wenige Leute. Zuhause, so dachte er, hätte er nie jemand anderen in Gefahr gebracht, als sich selbst. So war das immer.

Sie liefen hinter die Theke und Linda versuchte dort eine Kiste zu verschieben, die Wallace noch nie an einem anderen Ort gesehen hatte, und er half ihr dabei bestmöglich. Unter der Kiste kam eine Falltür zum Vorschein. Er blickte verdutzt darauf. „Na los, rein da jetzt!", hetzte sie ihn. „Mach schnell." „Danke Linda", sagte Wallace aufrichtig, öffnete die Tür und stieg auf einer Leiter hinab in eine dunkle Ungewissheit. Flüchtig lächelte sie ihn nochmal an und als er schon tief genug gestiegen war, schloss sie die Tür und man hörte, wie die Kiste wieder über die Luke geschoben wurde. Wallace kletterte vorsichtig ein paar Sprossen weiter hinab und spürte dann Boden unter seinen Füßen. Warum hatte sie so ein Versteck? Er machte eine sehr kleine Lichtquelle aus, welche den vermutlichen hinteren Teil des Raumes leicht ausleuchtete. Das Licht kam von der Decke oder viel eher einem Loch in der Decke, wo von einem Schacht etwas Tageslicht einzufallen schien. Es war merkwürdig unangenehm in diesem Raum zu sein, aber immer noch besser, als die direkte Konfrontation mit seinem wiederholten Verfolger, da war er sich mehr als sicher.

Nun hörte man ziemlich kurz darauf von oben zahlreiche dumpfe Schritte und man konnte erahnen, dass laut gesprochen wurde, aber nichts verstehen. Den Geräuschen nach zu urteilen wurde gerade die Taverne durchsucht. Sein Puls beschleunigte sich, als würde er wieder laufen. Was, wenn sie die Falltür unter der Kiste entdecken? Was würde der für ihn Fremde dann mit ihm machen oder machen lassen? Er würde ihn kaum freundlich behandeln, sonst würde er ihn nicht verfolgen, geschweige denn mit ein paar Gardisten in einer räudigen Gasse herumlungern. Ganz genau lauschte er, um irgendwas verstehen zu können, doch außer, dass die dumpfen Schritte überall verteilt waren, konnte er nichts Genaueres heraushören. Von dort unten konnte er in dieser Situation sowieso niemanden behilflich sein, das wurde ihm klar, und so lehnte er sich mit dem Rücken gegen die Wand. Er biss sich leicht auf die Lippe und ballte seine Hände zu Fäusten, die ihm zu gefrieren schienen. Gerade als er sich fragte, wie lange die Leute noch suchen würden, wurde die Kiste verschoben. Er schrak auf und ihm sprang das Herz beinahe aus der Brust. Hektisch tapste er herum, was sollte er jetzt machen? Das Geräusch des knarzenden Fußbodens versetzte ihn in eine Ohnmacht, die er fast nicht abschütteln konnte. Die einzige Idee, die ihm kam war, dass er sich so weit wie möglich aus dem Licht stellen müsse, also stellte er sich in die Ecke gegenüber der Leiter. Wenn er Glück hatte, würde man ihn nicht sehen. Das Geräusch der Kiste verstummte und einige Sekunden war kein Geräusch zu hören. Der Schweiß stand Wallace auf der Stirn und das laute Rauschen des Blutes in seinen Ohren machte ihn fast wahnsinnig. Die Falltür wurde geöffnet. Einmal schnappte er noch nach Luft und hielt dann den Atem an, um keinen Mucks mehr von sich zu geben. Als die Luke geöffnet wurde, musste er plötzlich die Augen zusammenkneifen. Das sonst so düstere Licht der Taverne war für ihn nun hell geworden, außerdem stand er wohl nun doch nicht mehr ganz so im Dunklen, wie er es zuvor noch gehofft hatte. Doch als er gerade aufgeben wollte hörte er eine vertraute Stimme. „Komm doch rauf, Wallace", sagte sie. Es war Linda. „Himmel sei Dank!", stieß er aus und fing wieder an zu atmen. „Sie sind weg, keine Sorge", sagte Linda und grinste verbissen durch die Öffnung zu ihm herab. Er kletterte wieder hinauf, wobei Linda ihm eine Hand anbot. Als er hinter dem Tresen aufgetaucht war und die Kiste wieder auf ihrem alten Platz stand, setzte er sich auf ebendiese. Gut fühlte er sich nicht mehr und er würde an diesem Tag auch keinen Schritt mehr nach draußen wagen. „Was wollten die von dir, Wallace? Ich denke, du hast mir einiges zu erzählen", sagte Linda mit einem nun leicht strengen Ton.

Wallace und Linda gingen in sein Zimmer in der Taverne. Sie trat zuerst ein und er verschloss die Tür hinter sich, einfach um sich sicherer zu fühlen. Mit verschränkten Armen setzten sie sich auf sein gemachtes Bett. Jeden Tag, nachdem er gegangen war, kümmerte sie sich um sein Zimmer. Oft musste er deshalb lächeln, weil sie penibel darauf achtete, dass alles an seinem Platz war. Anfangs hatte er noch alles selbst gemacht, aber nach einiger Zeit fiel ihm auf, dass, egal wie schön er es versuchte sauber und ordentlich zu halten, sie trotzdem immer hinter ihm zusammenräumte. „Wallace …", fing die Gastwirtin an, „du bist nicht von hier, oder?" Er hatte es bereits vermutet, dass sie erahnen konnte, dass er eigentlich von der anderen Seite der Wildnis kam. Aber wusste sie denn überhaupt, dass es da auch etwas gab? „Nein", sagte er mit einem Kopfschütteln. „Und ich habe keinen Schimmer, wie ich hier gelandet bin." Er schwang sich gegenüber von ihr auf eine Kommode und ließ seine Beine ein wenig baumeln. Zwar wusste er nicht genau warum, aber er wollte einfach ehrlich sein zu ihr. Noch nie hatte er einen solchen freundschaftlichen Draht zu jemanden, wie zu ihr. Er wollte und musste ihr vertrauen. Solange er nicht wusste, wie er wieder nach Hause kommen sollte, musste er das einfach. „Eigentlich bin ich von der anderen Seite des Waldes, den wir ‚die Wildnis' nennen. Ich komme aus dem Reich der Ulmer, so wird unser Land unter anderem genannt", begann er langsam zu erzählen. Linda sah ihn zuerst stirnrunzelnd an, strich sich dann aber ihre Kleidung zurecht, lehnte sich zurück und deutete ihm, weiterzuerzählen. So erzählte er, wie er einfach wieder mal auf der Suche nach einem Abenteuer im Walde war und sich nicht mehr erinnern konnte, jemals überhaupt so weit in eine Richtung gegangen zu sein oder überhaupt eine so lange Zeit. Linda hörte ihm aufmerksam zu.

„Und du meinst, dass du diesen Gardisten noch nie zuvor gesehen hast?", fragte sie mit einer tiefen Furche auf ihrer Stirn. „Nein. Obwohl er meinen Namen kennt. Es ist irgendwie ... unheimlich. Nicht nur, dass ich mich nicht an meine Reise oder was auch immer erinnere, dann läuft mir auch noch dieser furchtbare Mensch schon zum zweiten Mal über den Weg." Sie nickte weggetreten. „Danke, dass du mir so sehr vertraust", sagte sie, mit einem aufrichtigen Blick. „Um ehrlich zu sein, ich war mir von Anfang an sicher, dass mit dir doch irgendwas anders ist. Aber das trifft auf viele meiner Gäste zu, also ...", sie macht eine kurze Pause, „also habe ich mir nicht wirklich viel dabei gedacht, vorerst, um ehrlich zu sein." Sie stand plötzlich auf und lief auf und ab „Ich will dir dabei helfen herauszufinden, wie das passiert ist", meinte sie und schlug dabei ihre Faust in die Handfläche. „Wirklich?", fragte Wallace mit erfreuter Stimme. „Aber, ich will dich nicht in Gefahr bringen, oder ähnliches ..." Linda lachte. „Seit Jahren kümmere ich mich allein um den Schankbetrieb. Denkst du, ich kann mich nicht verteidigen, oder was?" Auch Wallace lachte. Natürlich traute er ihr das zu, ganz ohne Frage. Sie war stark, in einigen Dingen stärker als er selbst, da war er sich sicher, denn sie hatte die Dinge im Griff. Zumindest erschien sie ihm auf diese Weise. Trotzdem wollte er nur ungern andere Leute in seine Probleme mit hineinziehen, das lag ihm normalerweise fern, doch wenn sie schon so sehr darauf bestand, dann konnte er doch auch einmal eine Ausnahme machen. Trotzdem wollte er gerne wissen, warum sie das tun wollte. Einfach so würde er nicht jemanden in seine Angelegenheiten mit reinziehen, den er erst seit einer solch kurzen Zeit kannte. „Einerseits, weil ich es spannend finde, wie das alles passiert ist. Andererseits, weil ich endlich mal wieder aus dieser Taverne raus will." Den zweiten Teil sagte sie zwar mit etwas Witz in der Stimme, aber Wallace merkte ihr an, dass es ihr sehr ernst war. Ein letztes Mal musterte er sie, was sie mit einem unschuldigen Blick erwiderte. Na gut, dachte er sich, es kann nicht schaden, wenn er mit jemand anderen gemeinsam die Antwort auf seine Fragen sucht. Jetzt, da sie von ihm wusste, konnte er auch offener mit ihr reden. Wenn es nach ihm gegangen wäre, hätte er mittlerweile am liebsten schon alles herausgefunden, was es zum Herausfinden gab. Nun die Unterstützung von jemanden anderen auch noch in Anspruch zu nehmen konnte sogar auf jeden Fall hilfreich sein, da war er sich sicher. „Wo wollen wir anfangen?"

Seit dem Zwischenfall mit dem Mann aus dem Wald waren bereits wieder einige Tage vergangen und doch hatte Wallace die Taverne seitdem nicht wieder verlassen. Während Linda nach einem Schankmeister suchte, der ihren Betrieb auf unbestimmte Zeit führen würde, las er die Bücher, die sie ihm aus der Bibliothek brachte, wenn er nicht gerade Fässer schleppte oder dem Küchengehilfen beim Schneiden der Zutaten half. Linda brachte ihm Bücher, die Ähnlichkeiten mit seiner Geschichte aufwiesen, wobei diese oft gering waren. Dank der Offenheit zwischen den beiden hatte er mittlerweile über den Grafen Balimor von Krähenhain und seine Familie erfahren, welche schon vor der Ausrufung des Königreiches über die Stadt gewacht haben sollen. Die Garde, so erfuhr Wallace von Linda, standen trotz der Wappenröcke, die darauf hindeuteten, nicht unter dem Kommando der Grafschaft, sondern unterlagen dem des Königreiches, wobei der zuständige, oberste Kommandant für die äußeren Lande meist in Seeburg verweilte, einer Stadt, die inmitten des Sees Mehren lag. Der Wappenrock war eine einfache Form der Unterteilung, denn ein Garnisonskommandant der jeweiligen Stadt sollte nicht im Gebiet der anderen über Hoheit verfügen. Für Wallace war es nun viel klarer, warum die meisten Wachmänner so schienen, als konnten sie tun und lassen was sie wollten: Sie konnten es wirklich. Als Diener des Königreiches am Ende eben dieses, gab es kaum Konsequenzen zu erwarten. „Doch", sagte Linda bei einem ihrer Gespräche etwas abwesend, „seit geraumer Zeit wird es immer schlimmer mit ihnen." „Was meinst du mit schlimmer?", fragte Wallace aufrichtig neugierig. Bis auf die Auseinandersetzungen, die er selbst erlebt hatte und der Geschichte von Theren, hatte er noch nicht viel mitbekommen. Von Linda erfuhr er, dass sie anscheinend schon früher des Öfteren gewalttätig wurden, sie auch immer häufiger jemanden auf die eine oder andere Art Leid zufügten. Wenn sie einem nicht eine Tracht Prügel verpassten, nahmen sie sein Geld, nahmen sie nicht sein Geld, drangsalierten sie ihn, meinte sie. Sie schüttelte den Kopf. „Ich hasse sie einfach", sagte sie leise mit verschränkten Armen.

Wallace las jeden Tag in weiteren Büchern und Linda fand nach einiger Zeit doch einen Schankmeister, dem sie vertrauen konnte und es schien sich nichts weiter zu tun. Bis Wallace eines Nachts Linda hektisch aus dem Bett weckte. „Linda!", sagte er halb flüsternd, halb schreiend. „Lindaaaa! Wach auuf!" Sie streckte sich und sah wütend einer Kerze entgegen. Das war das erste Mal, dass er sie um eine solche Uhrzeit weckte. Mit ihrem Handrücken schob sie die Kerze aus ihrem Gesicht. „Was willst du denn?" „Ich habe dieses Buch gelesen", er deutete auf das Buch ‚Fantasiegeschichten über das Reisen in Lovdien' von einem gewissen Adam Noel. „Ich weiß das klingt verrückt, aber da steht etwas über jemanden der aus dem unendlichen Wald kam, ich schätze so wird die Wildnis bei euch genannt. Was, wenn es doch keine Fantasie war …" Sie blinzelte ihn an. Sie schien erst etwas Zeit zu brauchen, um zu begreifen, was er ihr da zu erzählen versuchte. „Und? Was machte der in dem Buch?" „Nun, er sah sich vieles an und nach einiger Zeit ging er wieder durch den Wald zurück nach Hause." sagte er schulterzuckend. Es war das erste Buch, das Linda ihm gebracht hatte, das den Wald überhaupt mit einbezog. Die meisten anderen handelten wohl eher über Personen mit Gedächtnisverlust. „Das ist nicht gerade aussagekräftig", meinte Linda. „Was, wenn das nicht nur Fantasie ist? Dann müsste das bedeuten, dass es einen einfachen Weg gibt!" „Und was, wenn nicht?", sagte sie mit einem mitleidigen Gesichtsausdruck und setzte sich dabei halb auf. Sie hatte recht. Darüber hatte er sich bisher keine Gedanken gemacht. Seitdem er in diesem Land gelandet war, hatte er sich nie ernsthafte Sorgen darüber gemacht, ob es gar keinen Weg zurück geben könnte. Doch, dachte er sich, wo ein Weg hinführt, muss auch wieder einer zurückführen. „Das glaube ich einfach nicht. Es gibt einen Weg, ich bin mir sicher", sagte er mit Eifer. Er hatte die Bücher satt, er wollte endlich loslegen. Auch wenn er nicht wusste mit was … Oder vielleicht doch? „In der Geschichte kam Arthur Kent, so heißt der Reisende, zuletzt in die Nebelsümpfe, bevor er nach Hause geht …", sagte er grübelnd, „Was, wenn er dort etwas finden konnte, einen Hinweis darauf wie man die Wild… ich meine den unendlichen Wald durchquert?" „Warum finden wir es nicht morgen heraus, Wallace?", sagte Linda träge. Sie hatte sich mittlerweile bereits wieder umgedreht und vermutlich die Augen geschlossen. Vor lauter Übermut hatte er ganz die Nachtzeit vergessen. „Gute Träume", sagte er schief grinsend und schlich sich hinaus. Mit einem leichten Klacken fiel die Tür in das Schloss.

Kapitel 3 – Die Nebelsümpfe

Wallace saß schon im Morgengrauen auf einer Sitzgelegenheit vor der Taverne zum reisenden Ochsen und blickte in den Himmel. Letzte Nacht hatte er vor Aufregung fast kein Auge mehr zugetan. Deshalb entschloss er sich irgendwann dazu einfach in die kühle Luft des Morgens hinauszugehen, auch wenn ihm etwas kalt werden könnte. In der Ferne konnte man hören, dass schon wieder einiges Werk zu erledigen war, doch bei ihm weiter unten in der Stadt war es noch ziemlich ruhig. Nachdem er einige Zeit da so gesessen war, ging die Tür der Taverne auf und Linda trat hindurch. Wallace sah sie etwas verblüfft an. Lindas Rock, den er immer an ihr gesehen hatte, war einem ledernen Beinkleid gewichen. Ihre blonden, langen Haare hatte sie zu einem Zopf geflochten, der über ihre Schulter lag und sie sah aus, als wäre sie bereit wie noch nie, wodurch ihre Augen in seiner Vorstellung vor loderndem Feuer der Leidenschaft nur so funkelten. „Was sitzt du denn da? Ich dachte schon du wärst einfach abgehauen", fragte sie streng. „Wie dem auch sei, komm doch nochmal rein, ja?" Linda verschwand und die Tür fiel zu. Er tat wie man ihm geheißen hatte und bewegte sich wieder in die Taverne. Noch immer war niemand im Schankraum außer ihnen beiden anzutreffen. Was sollte die Aufmachung von Linda? Sie schien sich etwas merkwürdig zu verhalten. Auf der Theke des Schankraums lagen zwei Taschen, eine davon gehörte ihm. Linda ging zwischen Küche und Theke hin und her. „Was machst du denn da, Linda?", fragte Wallace so, dass sie es hören konnte. „Wonach sieht es denn aus? Ich packe Proviant", erwiderte sie leicht lieblich, leicht genervt. Er konnte es nicht gewiss bestimmen. „Was hast du vor?", fragte er etwas verdutzt. „Proviant packen und mit dir vor Ort herausfinden, was es herauszufinden gibt", meinte sie, während sie etwas, das aussah wie hartes Brot, in die Taschen stopfte. „Ich dachte, als du ‚Morgen herausfinden' sagtest, meintest du nach Hinweisen in Büchern suchen", sagte Wallace jetzt mit einer Spur Freude in der Stimme. „Wie du siehst, ist dem nicht so", erwiderte Linda und sah ihn grinsend an. „Komm, hilf mir noch schnell beim Tragen. Wir haben noch einiges vor heute."

Mit voll bepackten Taschen traten sie aus der Taverne heraus. „Ich weiß deine Energie wirklich zu schätzen, trotzdem", fing Wallace an, als er Linda nachlief, die einfach angefangen hatte vorzugehen, „willst du mich nicht in deinen Plan einweihen?" Ohne langsamer zu werden oder sich zu ihm umzudrehen antwortete sie: „Das wirst du schon noch sehen. Wir wollen ja nicht langsam sein." Wallace schüttelte den Kopf. Was war bloß in sie gefahren, dass sie sich jetzt so verhielt. Zwar wusste er ihre Energie tatsächlich sehr zu schätzen, verwundert war er aber doch über ihre Bestimmtheit, die sie an den Tag legte. Sie würden nun also in die Nebelsümpfe reisen, dachte er sich dann, während er ihr hinterherging. Ein noch fremdartigerer Ort als Krähenhain jemals sein würde, vermutete er. War die Stadt noch in vielen Dingen ähnlich, die er kannte, konnte er das von einem Sumpf nicht behaupten. Er hatte zwar über Sümpfe gelesen, aber selbst war er nur in die Nähe eines solchen gekommen. Nun sollte er dort vielleicht die Antwort finden, wie er nach Lovdien gekommen war? Oder war es am Ende doch nur eine Fantasiegeschichte über Arthur Kent, die nur auf den Einfällen von einem Adam Noel ihren Ursprung hatte. Der Gedanke betrübte ihn. Würde die Reise umsonst sein, was würde Linda dazu sagen? Vermutlich würde sie wieder hierher zurückkehren und er müsste alleine weitersuchen. Wer von den beiden wohl mehr darauf hoffte, dass sich dahinter die Wahrheit versteckte? Linda wirkte, als hätte sie mehr Abenteuerlust, als er jemals besessen hatte. Irgendwie fand er diesen Gedanken belustigend. Er musste kichern, als plötzlich Linda vor ihm stehen blieb und er fast in sie hineingelaufen war. Gedankenverloren hatte er gar nicht gemerkt, wo sie hingegangen waren. Sie waren bei dem Pferdebauern gleich außerhalb der Stadt gelandet. „Was willst du denn hier?", fragte Wallace mit Ungläubigkeit. „Pferde kaufen", erwiderte sie, ohne sich zuerst umzudrehen, aber dann boxte sie ihn spielerisch auf die Schulter und fragte: „Was dachtest du denn? Das wir zu Fuß gehen?" „Eigentlich, ja. Das ist doch viel zu …", wollte er gerade sagen, als er sah, dass sie bereits ihren Sack voller Goldmünzen aus der Tasche holte. Er war sich sicher, dass es reichen würde. „Guten Morgen, meine Gnädigste. Der Herr", wurden sie von einem grauhaarigen Mann der aus dem großen Stall kam gegrüßt. „Wie kann ich Euch helfen?", fragte er und sah sie dabei abwechselnd an. „Ich möchte zwei trainierte

Reitpferde und das nötige Sattelzeug von Euch erwerben", sagte Linda, welche einen Schritt dabei auf ihn zuging. „Natürlich, Gnädigste. Folgt mir." Er ging mit unerwartet schnellen Schritten voraus und um die Ecke des Stalles. Dahinter war eine Wiese, auf dem einige Pferde grasten. Der Pferdebauer hätte Linda am liebsten jede Kleinigkeit über jedes einzelne Ross in seinem Besitz erzählt, doch irgendwann, als ihre Geduld am Ende war, schnitt sie ihm die Worte ab, indem sagte: „Gebt uns einfach eure zwei ausdauerndsten Pferde, Herr." Unwillkürlich verbeugte er sich prompt und bat sie, an Ort und Stelle zu warten. Wallace lehnte sich gegen die Stallmauer und Linda sagte zu ihm: „Wir werden zuerst nach Mühlfurt reiten. Dort finden wir eine Karte, vermute ich. Danach müssen wir von dort aus nach Norden." Er hob eine Augenbraue. „Wozu brauchen wir denn eine Karte? Können wir nicht um die nächste Stadt einfach herumreiten?" „Denkst du, die Sümpfe heißen Nebelsümpfe, weil man sich so gut orientieren kann?" Sie lachte über seine ertappte Miene und Wallace sagte weiter: „Ich verstehe. Danke übrigens für ... du weißt schon. Alles." Sie ging etwas näher auf ihn zu und legte ihre Hand auf seine Schulter und grinste. Als sie wohl gerade zu einem Satz ansetzen wollte, kam auch schon der Pferdebauer mit zwei gesattelten Pferden wieder. Sie ging sofort zu ihm und auch wenn Wallace nicht sehen konnte wie viel sie bezahlte, waren es dem Geräusch nach zu urteilen sehr viele, schwere Münzen. Mit einem traurigen Blick verabschiedete sich der Bauer von seinem Vieh und ging dann wieder in den Stall. Linda winkte Wallace herbei. Beide Pferde waren braun und ungefähr gleich groß, wobei das eine etwas muskulöser zu sein schien. „Das sind Bruder und Schwester", klärte Linda ihn auf. „Sie sind anscheinend beide sehr gute Pferde und der Pferdewirt wollte sie nicht voneinander trennen." Er sah sich die beiden Rösser genau an. Schon lange war er nicht mehr geritten, aber er war sich sicher, dass er es noch gut genug konnte damit es Linda nicht auffallen würde. Diese hatte die Schwester bereits an den Zügeln genommen und führte diese vor den Stall. Wallace tat es ihr mit seinem Pferd nach. „Zu Pferd werden wir keine zwei Tage nach Mühlfurt brauchen", sagte Linda, die gerade versuchte in ihren Sattel zu kommen, „und danach nochmal einige Tage, bis wir bei unserem Ziel sind." Auch wenn Wallace Fußmärsche nichts ausmachten, hörte es sich an, als wäre der Weg zu Fuß eher zu einem Gewaltmarsch geworden. Er saß nun auch auf seinem Pferd. Der Sattel war sehr ungewohnt für ihn. Es fühlte sich für ihn irgendwie nicht richtig an, nicht auf seinen eigenen Füßen zu stehen, sondern in den Steigbügeln, während er auf einem anderen Lebewesen saß. „Kann es losgehen?", fragte Linda mit einer Vorfreude im Gesicht, die Wallace schon fast belustigend fand. „Los geht es", sagte Wallace und trieb sein Pferd an. Nebeneinander ritten sie im Schritt.

Zwar führte der kürzeste Weg nach Mühlfurt durch Krähenhain hindurch, aber um schneller und vor allem auch weniger auffällig auf den Weg dorthin zu gelangen, entschieden sie sich um die Stadt herumzureiten. Auch wenn sie niemand verfolgte, der Mann aus dem Wald war noch immer in Wallaces und vermutlich auch Lindas Gedanken, denn sie hatten sich wortlos darauf geeinigt. Linda schien eine recht gute Ortskenntnis zu haben, denn sie konnte sehr genau die Wege bestimmen, die sie nehmen würden. „Warst du schon einmal in Mühlfurt, Linda?", interessierte sich Wallace. „Ja. Bevor ich die Taverne übernahm", meinte sie knapp, wodurch Wallace sich dazu entschloss, dieses Thema auf ein anderes Mal zu verschieben, denn sie schien nicht gesprächig zu sein. Nachdem sie die Stadt umritten hatten, gelangten sie auf einen Weg, welchen Linda als den in die Richtung Mühlfurt ausmachte. „Viel Leute scheinen ihn nicht zu benutzen", meinte Wallace verwundert, als er sah, wie verwachsen er an einigen Stellen aussah. Der Weg schlängelte sich in die Ferne über Hügel hinweg, doch war er bei weitem weniger ausgetreten, als er hätte sein können. „Nicht viele Leute nutzen diesen Weg. Vergiss nicht, wie lange die Reise zu Fuß dauern würde. Auf diesem Pfad liegt nichts, wo man Unterschlupf suchen könnte", erklärte ihm Linda. „Im Gegensatz zum Hauptweg, bei dem auch Dörfer liegen, bei denen man Rast machen kann." Sie hatte also den Schleichweg angepeilt, dachte er sich. Sie wusste also wohl doch, worauf sie sich eingelassen hatte. Im langsamen Galopp machten sie sich auf den Weg.

Fast den gesamten restlichen Tag waren sie geritten, durch die Hügel und Felder der Landschaft. Nun, da es langsam zu dämmern begann und die Sonne immer weniger Licht auszustrahlen vermochte, hatten die beiden ihr Lager bei einigen Bäumen aufgeschlagen. Die Pferde waren mit den Zügeln an einem Baum fixiert. „Es wird immer kälter. Ich glaube, dass es bald Winter sein wird", sinnierte Linda, während sie und Wallace Feuerholz vom Boden sammelten. Sie würden ein Lagerfeuer machen, um sich die Nacht über wärmen zu können. „Noch ist es warm genug", sagte Wallace. „Ich habe schon kältere Nächte ohne ein Lagerfeuer überstanden." Sein Magen knurrte. Er war es nach dem langen Aufenthalt in Krähenhain nicht mehr gewohnt, einen ganzen Tag nichts zu essen. Im Normalfall waren es sogar mehrere Tage hintereinander, bei denen er auf Essen verzichten musste und nun war schon einer zu viel des Guten. Ihm war es kurzzeitig etwas peinlich und fragte sich, ob seine Begleiterin das Knurren wohl vernommen hatte, schob den Gedanken dann aber schnell wieder beiseite. „Ich glaube, dass es für diese Nacht reichen wird", meinte er dann mit einem Blick auf den Stapel Feuerholz, was Linda mit dem Hinzufügen des letzten Bisschens, das sie noch gesammelt hatte und dem anschließenden Hinsetzen, bestätigte. Wallace machte sich ans Werk und hatte in Windeseile das Feuer entzündet. Die warmen Flammen wärmten seine leicht tauben Wangen. Beide saßen sie bei dem Feuer und sagten eine Zeit lang nichts, bis Linda meinte: „Morgen sind wir bereits in Mühlfurt. Umso früher wir losreiten, desto besser." Beide aßen etwas von dem harten Brot, welches Linda eingepackt hatte. Es war salzig und schmeckte ansonsten nicht nach viel. Satt machte es dennoch. Eine Weile saßen sie schweigend noch so da und blickten in das wärmende Licht des Lagerfeuers, als Linda ihm eine gute Nacht wünschte und es sich am Boden gemütlich machte. Er selbst wollte noch eine Weile in das

Feuer blicken und ein wenig nachdenken. Linda war bis jetzt ausschließlich freundlich ihm gegenüber gewesen. Sie hatte ihm Unterschlupf gewährt, ihm Essen gegeben, mit ihm gemeinsam über das Problem gebrütet. Nun hatte sie auch noch ein Vermögen für Pferde ausgegeben und war die treibende Kraft ihres Unterfangens oder zumindest fühlte es sich so an für ihn. Er konnte es nicht genau sagen, aber irgendetwas empfand er komisch an der Tatsache, dass diese Fremde für ihn so viel tun würde, egal ob aus Nächstenliebe oder aufgrund von Abenteuerlust, die in ihr brannte. Ob er sie wohl darauf ansprechen konnte? Vorerst bestimmt nicht. Wallace musste heftig gähnen und streckte sich dabei. „So", flüsterte er zu sich selbst und legte sich dann auch nieder, „Zeit zu schlafen."

Plötzlich wurde er wachgerüttelt und er riss die Augen auf. Es musste sehr früh sein, da die Sonne noch nicht aufgegangen war, es aber zu erahnen war, dass sie das bald tun würde. „Wallace! Du musst aufstehen, schnell!", flüsterte Linda. „Da sind Banditen!" Mit einem Satz rappelte er sich auf und es kam nur ein: „Banditen?", aus ihm heraus. „Ja, Banditen! Maximal ein halbes Dutzend. Ich war aufgewacht und hatte sie zum Glück in der Ferne bemerkt. Sie sind bestimmt gleich hier!", sagte sie und fügte noch hinzu, „Niemand außer Banditen bewegt sich in diesem Teil des Landes um solch eine Tageszeit!" Dann lief sie zu ihrem Pferd und wollte es gerade losbinden, doch es war schon zu spät. Vor ihnen standen fünf Leute an der Zahl, alle entweder bewaffnet mit Schlägel oder Messern, sofern Wallace es erkannte. „Hübsche Pferde habt' ihr da", sagte ein schlaksiger, kleiner Mann mit schütterem Haar. „Ich glaub', ihr braucht'e Dinger nich' mehr." Wallace und Linda blickten sich an. Zuerst hatte er die Befürchtung, sie würde in Panik verfallen, doch sah er nun, dass sie zwei Dolche hervorholte. Sie schien wegen dem überraschten Gesichtsausdruck ihres Wegbegleiters zu grinsen und richtete dann wieder ihren Blick nach vorne. Anscheinend hatte Linda noch mehr Dinge, die sie zu erklären hatte, meinte Wallace wiedermal zu sich selbst und rückte dann seine Handschuhe zurecht. Mit fast unmenschlicher Geschwindigkeit schnellte er nach vorne und verpasste dem äußersten der drei Banditen, die sich nicht zu den Pferden bewegten, einen heftigen Schlag in das Gesicht. Dieser brach schreiend zusammen, Wallace hatte ihm dem ganzen Blut nach zu urteilen die Nase mehr als nur gebrochen. Um nicht von den anderen beiden Banditen sofort erwischt zu werden, rollte sich Wallace mit dem Schwung des Schlages ab. Er richtete den Blick kurz zu Linda. Mit unheimlicher Präzision wehrte sie die Schläge ihrer beiden Gegner gekonnt ab, konnte aber nicht angreifen. Sie schien seinen Blick zu bemerken und rief ihm zu: „Ich komme schon zurecht!" Das akzeptierte er und konzentrierte sich wieder auf die Banditen vor ihm. Einer der beiden kniete sich zu seinem Kollegen, der andere stürzte sich mit einem Schrei auf Wallace zu. Mit Leichtigkeit wich er dem plumpen Angriffsversuch aus und verpasste ihm einen Tritt in den Rücken, sodass der Bandit der Länge nach mit dem Kinn auf den Boden fiel. Den einen übrigen Banditen ignorierend lief er nun zu Linda, welche noch immer gegen zwei Leute zu kämpfen hatte.

Doch ganz plötzlich übernahm sie die Oberhand, wehrte mit der Linken den Schlag des Gegners ab und stach mit der Rechten in den Arm des Angreifers, welcher darauf sofort seinen Schlägel fallen ließ. Wallace staunte nicht schlecht. Sie schienen zu bemerken, dass mit den beiden, die sie überfallen wollten, nicht zu scherzen war und fingen an zurückzuweichen. „Das is'es nich' wert! Verschwinden wir Männer!", sagte der grauhaarige der Banditen und kehrte den beiden den Rücken zu. Zwei der Banditen stützten jenen mit der gebrochenen Nase, vermutlich hatte er zu viel Blut verloren. Wallace und Linda freuten sich lautstark über ihren errungenen Sieg. Sie streifte ihren Dolch am Gras ab und steckte beide wieder in die Dolchscheiden, die Wallace zuvor nicht bemerkt hatte. „Ich hatte schon die Befürchtung, dass wir es nicht mal nach Mühlfurt schaffen, ohne getötet zu werden, oder ähnliches", sagte Linda und kratze sich am Kopf. Er konnte fühlen wie sein Puls sich allmählich wieder beruhigte. Zwar würde er es nicht zugeben, doch die Situation hatte ihm große Angst eingejagt. „Ganz ehrlich, mir war gleich klar, dass die nichts draufhaben", meinte Wallace mit belustigtem Unterton. Natürlich hatte er Angst gehabt, doch ohne Angst hätte er noch niemals kämpfen können, da war er sich sicher. „Wieso kannst du so gut mit Waffen umgehen?", fragte er darauf. Er konnte sich einfach nicht zurückhalten, er musste sie fragen. Immerhin taten sich mit jeder Gelegenheit mehr Facetten seiner Begleiterin auf, die er noch nicht erahnt hatte. Sie grinste in sich hinein. „Dachtest du", fing sie mit dem Blick auf den Boden gerichtet an, „ich wäre immer nur Gastwirtin gewesen?" Er schüttelte den Kopf.

Natürlich hatte er das nicht gedacht. Doch normalerweise war man doch wohl kaum zeitgleich eine Waf-
fenkundige. „Ich werde es dir schon mal erzählen,
versprochen. Jetzt sollten wir aber zuerst einmal los."
So packten die beiden ihre Satteltaschen und banden
die Pferde los, stiegen auf und ritten im langsamen
Galopp wieder zum Weg nach Mühlfurt.

Die Umgebung änderte sich im Laufe des Tages
von hügeliger Wiesenlandschaft zu flachem Über-
schwemmungsgebiet. Einige Flüsse und Bäche schienen alles zu durchschlängeln. In der Ferne konnte
man Mühlfurt schon erahnen und sie hielten kurz an.
Es müsse eine befestigte, aber kleine Stadt sein, dachte sich Wallace. „Mühlfurt ist die letzte Möglichkeit
der Überquerung des Mühlflusses, bevor er in den
Mehrensee fließt. Die letzte Möglichkeit, bevor man
um den ganzen See herum muss, meine ich", erklärte
ihm Linda und fügte dann noch geistesabwesend
hinzu: „Du kannst dir vermutlich nicht vorstellen,
wie groß dieser See ist." Wallace kannte Seen, doch
tatsächlich waren alle so klein, dass man Leute auf
der anderen Uferseite mühelos hätte erkennen können, also hatte sie vermutlich recht gehabt. Nach ein
paar Augenblicken des Schweigens gingen sie weiter.
Es lag etwas Mystisches in der Luft. All das ferne, fei-
ne Rauschen eines Flusses. Das leise Plätschern eines
kleinen Baches, der sich in der Nähe eine Furche in
den Erdboden grub, teilweise nicht einmal breit genug, dass eine Brücke notwendig gewesen wäre. Der
Boden hier schien trotzdem nicht allzu vollgesogen
zu sein. „Wie du vielleicht bemerkt hast", fing Linda
im Reiten an zu erzählen, „ist hier sehr viel Wasser.

Zweimal im Jahr ist eine Überschwemmung und keiner weiß so recht, wieso. Das ist auch der Grund, warum du hier keine Siedlung finden wirst." Wallace sah sich um. Tatsächlich war es so, wie Linda behauptete. Abgesehen von den Banditen waren sie überhaupt keiner Menschenseele begegnet. Sie meinte, dass es oft vor dem Wintereinbruch eine Überschwemmung gab und deshalb die Leute erst recht auf den längeren Weg auswichen. Das leuchtete Wallace natürlich ein und er fühlte sich dann tatsächlich etwas unwohl sich durch diese Gegend zu bewegen. Doch dieses Unwohlsein legte sich, als er sah, wie nah das momentane Reiseziel bereits war. Die Stadt lag auf einem erhöhten Plateau und war umrandet von Mauern. An mehreren Stellen ragten Türme in die Höhe, einige von den Mauern, andere schienen zu Gebäuden innerhalb der Stadt zu gehören. Wallace staunte. „Die Stadt lebt vom Handel und vom Fischfang. Für etwas anderes würde das Land auch nicht taugen, schätze ich", erzählte ihm Linda, die seinen Blick bemerkt zu haben schien. Das erklärte Wallace auch, wieso um die Stadt herum kaum Gebäude zu sein schienen. „Fischfang? Das heißt wohl, dass die Stadt einen Hafen besitzt, schätze ich", schloss Wallace. „Du schätzt richtig. Es ist ein großer Hafen. Aber wir werden ihn vermutlich nur aus der Ferne bestaunen können, denn unsere Erledigungen finden in der Stadt statt", sagte sie gutmütig. Für Wallace zeigte sie eine ganz neue Seite. Eine Seite, die so vieles wusste, ortskundig war und auch noch verstand, wie man sich allein zurechtfand. Hatte sie ihm diese aus einem Grund vorenthalten, oder gab es einfach niemals die richtige Gelegenheit, sie zu zeigen?

„Wir werden zuerst einmal in die örtliche Taverne einkehren, im weißen Ross." „Hört sich gut an", meinte Wallace darauf und rieb sich mit leicht verzwicktem Gesichtsausdruck am unteren Rücken. „Wenn ich ehrlich bin, dann bin ich reiten einfach nicht mehr gewohnt." Linda lachte und gab etwas mehr Tempo. Sie würden früher eintreffen als von beiden erwartet.

Sie ritten durch den Torbogen der Stadtmauer, welcher von einigen Wachen gesichert wurde. Geschäftiges Treiben fand allerorts statt, wodurch es an gewissen Stellen zu Pferd ziemlich eng wurde. Um zur Taverne zu gelangen, mussten die beiden einmal quer durch die gesamte Stadt, wobei der hintere Teil nicht solche Menschenmengen zu beherbergen schien, wie es der des Haupteingangs tat. „Gleich dort drüben ist es", sagte Linda und stieg schon etwas vorher ab. Wallace tat es ihr nach. Die Taverne hatte einen kleinen Stall für die Pferde der Gäste, die über Nacht bleiben würden, etwas, das durchaus ungewöhnlich war. Normalerweise würde man sich einen Stall suchen müssen, meinte Linda zu Wallace, deshalb hätte sie auch gleich an das ‚Weiße Ross' gedacht, als sie wusste, dass ihre Reise hier vorbeiführt. „Außerdem sind die Betten ganz in Ordnung", fügte sie noch hinzu. Beim Eintreten fanden sie einen beinahe leeren Gastraum vor. Zwar waren einige Tische besetzt, doch die Mehrheit war frei. Fast jeder der wenigen Gäste wandte sich um, um die Neuankömmlinge zu betrachten, aber kehrte nach wenigen Sekunden schon wieder in ihre Ausgangspositionen zurück. Anscheinend waren die Gäste nicht sonderlich an Wallace und seiner Begleiterin interessiert, was er als ziemlich gut empfand. Linda machte sich sogleich auf zum Tresen. „Ich grüße Euch. Wir suchen nach einer Möglichkeit zum Übernachten, nur eine Nacht", sagte sie zu dem Mann, der sich dahinter befand. Wallace, dem es peinlich gewesen wäre, wenn Linda abermals die Kosten für die Reise übernehmen hätte wollen, nahm seinen Geldbeutel und fragte: „Ich schätze doch, dass dreiundfünfzig Silbermünzen genug für eine Stube und etwas zu Essen sind?", und setzte dabei sein freundlichstes Lächeln auf. Linda drehte sich kurz mit einem verwirrten Blick zu ihm um und der Wirt bestätigte seine Annahme und nahm ihm sogleich die versprochene Summe ab. Da sie nicht groß Lust hatten, weiter im Gastraum zu verweilen, machten sie sich auf in das Zimmer, das sie soeben bezahlt hatten. Wallace atmete auf, als er sah, dass es sich nicht etwa um ein großes gemeinsames Bett handelte, in den er heute schlafen würde, sondern um zwei verschiedene. Es wäre ihm einfach unangenehm gewesen, nicht nur plötzlich den Raum mit Linda zu teilen, sondern auch noch den Schlafplatz. Nachdem sie nun schon zwei Tage geritten waren, war er schon müder, als er es gedacht hatte. Trotzdem konnte er nicht darauf verzichten, Linda endlich darauf anzusprechen, woher sie all die Dinge wusste, die sie wusste. Sie war gerade dabei, sich auf ihr Bett zu setzen und ließ sich zurückfallen, da fing er an: „Linda? Wie kommt es, dass du so viel weißt?" Er setzte sich auf sein Bett und sah sie an. Sie starte eine Zeit lang auf die Decke und fragte: „Du meinst, warum ich mich in der Gegend auskenne? Ich sagte doch, ich war nicht immer einfach nur eine Gastwirtin", sie schien seinen Blick zu spüren und richtete sich wieder auf. „Wenn du es wirklich wissen willst ..." Sie erzählte ihm davon, wie sie mit ihrer Mutter von klein auf wohl durch die äußeren Lande des Königreichs zog, nur von dem lebend, was sie bei kleinen Arbeiten, oder, so meinte sie mit etwas Scham im Gesicht, durch Hehlereien, verdienen konnten. So zogen sie von Fehrenhort bis nach Erenbruch und zurück, oft auch in Krähenhain halt machend, um niemals zu lange an einem Ort zu sein, aber trotzdem zu überleben. Oft, so meinte sie, kamen sie natürlich in Schwierigkeiten. „Einmal, da waren wir gerade in einem Dorf in der Nähe von hier, wenn ich mich recht entsinne, hatte uns jemand wiedererkannt, dem wir Geld schuldeten", fing sie zuerst todernst, dann mit einem Lächeln zu erzählen. „Er wollte meiner Mutter drohen, doch kaum war er ihr zu nahe gekommen, hatte sie ihr Messer gezückt und demonstrativ an seinen Bauch gehalten." Sie hielt kurz inne. „Danach hatten wir nie wieder Probleme mit ihm", kicherte sie. Einige solcher Geschichten erzählte sie ihm. Mit einer einfachen Frage, so kam es Wallace vor, hatte er einen Schwall von Erinnerungen ausgelöst und er genoss es, ihr dabei zuzuhören. Den Geschichten zu lauschen, von Orten, an denen er noch nie war. Von Orten, von denen er einige Zeit zuvor noch nie gehört hatte. Doch dann wurde sie wieder ruhiger und die lustigen oder schönen Geschichten wandelten sich zu etwas Traurigem in ihr. „Eines Tages, vor vielen Jahren, machten wir in Krähenhain halt. Am nächsten Morgen war meine Mutter verschwunden. Der Tavernenbesitzer war wohl ein Freund meiner Mutter. Als ich ihn nach meiner Mutter fragte, sagte er mir, dass ich von nun an bei ihm arbeiten würde", erzählte sie ihm mit verschränkten Armen und eingezogenem Kopf. „An seinem Sterbebett ließ er mich sein Gewerbe übernehmen, da er selbst keine Kinder hatte." Wallace hatte ihr gespannt zugehört. Einiges wurde ihm nun klar. Linda hatte damals, so schien es, keine andere Wahl gehabt, als das zu tun, was man ihr sagte. Nun hatte sie all die Jahre allein den Gastbetrieb eines Freundes ihrer Mutter geführt, obwohl sie das Reisen gewöhnt war. Eine Träne rollte über ihre Wange. „Danke, dass du mir das alles erzählt hast. Ich weiß das sehr zu schätzen", sagte Wallace, während er zu ihr ging, um sie zu umarmen. Er wollte sie nicht an schlechte Zeiten erinnern, oder daran, dass ihre Mutter verschwunden war. Doch, da sie es ihm erzählt hatte, fühlte er eine gute Freundschaft zwischen ihr und sich selbst. Er hatte so lange mit ihr geredet und ihr zugehört, dass es bereits spät geworden war. Sie schluchzte einmal und wischte sich die Träne aus dem Gesicht. „Ist schon gut", meinte sie, mit einem beschämt aussehenden Gesichtsausdruck. „Ich habe nur schon lange nicht mehr darüber geredet, weißt du?" In diesem Moment klopfte es an der Türe ihres Zimmers. „Wer ist da?", fragte Wallace misstrauisch. „Ich bringe das Abendessen." Wallace ging zu Tür und nahm zwei Schüsseln deftigen Hirsebrei mit Zwiebeln entgegen. Der Geruch biss ihm förmlich in die Nase, aber verschmähen würde er das Essen trotzdem nicht. Linda zufolge wäre das hier das letzte Mal für längere Zeit, bis sie wieder warm essen können würden. Immerhin waren die Nebelsümpfe zwar schnell erreicht, aber es dauerte lange, bis man sie durchquert hatte. „Ich danke Euch", sagte er zu dem Wirt und begab sich zu Linda, um ihr ihren Brei zu geben. „Morgen", fing Linda an, nachdem sie angefangen hatte zu löffeln, „werde ich gleich die Karte holen. Hier in der Stadt gibt es einen Kartografen, der eigentliche eine haben sollte." Wallace dachte nach. „Was glaubst du werden wir in den Sümpfen finden können?" „Es gibt vieles, das im Nebel verborgen liegt, möchte man meinen. Du wirst es sehen, oder eher, du wirst nichts sehen." Als sie fertig gegessen hatten, wünschten sich die beiden eine gute Reise in das Land der Träume. Doch Wallace brauchte eine gefühlte Ewigkeit um einzuschlafen. Er dachte über das Schicksal seiner Begleiterin nach und konnte sich einfach nicht erklären, wie ihre Mutter sie in Stich hätte lassen können. Zwar hatte sie scheinbar für ihre Sicherheit gesorgt, doch verschwunden war sie trotzdem. Ob es wohl eine Erklärung dafür gab?

„Steh auf, du Faulpelz", hörte er Linda sagen. „Ich habe die Karte schon geholt, wir können los, komm!" Er blinzelte und war etwas überrascht. Er war wohl einfach eingeschlafen, dachte er sich. „Ich steh ja schon auf …", antwortete er gähnend und streckte sich erst einmal ausgiebig. Ausgeruht wie schon lange nicht mehr, da er sonst die Nächte schlaflos zwischen Büchern verbracht hatte, versuchte er nicht daran zu denken, wann wohl das nächste Mal sein könnte, dass er so gut schlafen könnte. Während Linda bereits wieder aus dem Zimmer huschte, machte Wallace sich noch einmal frisch und band seine Haare aus dem Gesicht, dann folgte er ihr. Beim Stall der Taverne fand er sie wieder, sie hatte bereits die Pferde auf die Weiterreise vorbereitet. „Ich habe auch unsere Trinkschläuche wieder angefüllt", sagte sie, während sie ihre Tasche zuschnürte. Wallace kam sich manchmal so vor, als würde sie ihm alles abnehmen, doch andererseits, so dachte er, hätte sie ihn auch aufwecken können, dann hätte er auch geholfen. Als beide aufgestiegen waren, ritten sie auch los, auf das nördliche Tor der Stadt zu. Linda zufolge hatte die Stadt an drei Stellen Tore, nördlich, durch das sie bald reiten würden, westlich, um zu dem Hafen zu gelangen und südlich, durch das sie gekommen waren. Nur auf der Ostseite gab es keines, was durch den steilen Abhang erklärbar war, der unweigerlich im Weg gewesen wäre. Auf ihrem Weg zuckte er jedes Mal zusammen, wenn er an einer Gruppe von Leuten in Uniform vorbeikam. Seitdem er dem Mann aus dem Wald wieder begegnet war, hatte er eine große Vorsicht gegenüber der Garde und Menschen im Allgemeinen entwickelt, da er befürchtete, dass sie ihn auch erkennen würden, auch wenn es keinen Sinn ergab. Andererseits ergab es auch keinen Sinn, dass der Mann seinen Namen kannte. Somit wären seine Sorgen wieder berechtigt, auch wenn er sonst kein Mensch war, der zu jeder Zeit Vorsicht walten ließ, diesmal schien es aber notwendig zu sein. „Wie genau denkst du, dass die Karte ist?", fragte er seine Gefährtin, die vor ihm durch die Straßen ritt. „Ich kann es nicht sagen. Vermutlich genau genug, um ohne Probleme durch den Sumpf zu kommen, aber mehr schon wieder nicht", sagte sie über ihre Schulter. Sie waren schon fast durch das Nordtor von Mühlfurt hindurch und Wallace bewunderte gerade die Bauweise der Hausdächer, da landete eine kleine, winzige Schneeflocke auf seiner Nasenspitze. Kurz schielte er auf diese, da er einen Blick erhaschen wollte, doch schmolz sie schnell dahin. Es war also soweit, allmählich würde der Winter Einzug finden. Vermutlich wären es noch ein paar Wochen, dann würde einem schon der Schnee in den Schuh rutschen, oder zumindest würde es so bei ihm zuhause sein. Zuhause. Er hätte nie gedacht, dass er sein Zuhause vermissen würde. Bis jetzt hatte er das auch nicht, zumindest nicht in diesem Ausmaß. Es war fast, als hätte er so etwas wie ein Gefühl oder einen Anflug von Heimweh gehabt. Dabei war er doch immer stolz darauf, keine ‚Heimat' in diesem Sinne zu haben. Er wäre doch dort zuhause, wo er zuhause sein wollte und oft genug hatte er erwähnt, dass das niemals Weißfluss sein würde. Doch, nach einer so langen Zeit der örtlichen Trennung, spürte er, wie er mit einem Hauch von Nostalgie auf das zurückblickte, was er an Erinnerungen daran besaß. Mit einem Kopfschütteln wollte er die Gedanken loswerden, doch es funktionierte nicht. Zu dem Heimweh und der Nostalgie mischten sich Traurigkeit und Angst. Was, wenn seine Befürchtungen wahr wurden und er nie wieder in das Reich der Ulmer zurückkehren würde? Nie wieder auf dem Marktplatz von Weißfluss schlendern würde? Die Landschaft, oh – die Landschaft würde er am meisten vermissen. In der Ferne das Antlitz des Bärengebirges, dass im Schein der Sonne glänzt wie das Wasser eines tiefen Sees, welchem er vom Turm aus so gerne bei einem Sonnenaufgang entgegenblickte. „Was machst du denn so ein Gesicht, Wallace?", riss ihn Linda aus den Gedanken. Sie waren gerade aus dem Tor geritten und es war wieder genug Platz, um nebeneinander reiten zu können, ohne die Leute, die nicht zu Pferd unterwegs waren, zu gefährden. „Mir ist da nur gerade etwas eingefallen", sagte er und versuchte wieder etwas zufriedener auszusehen. „Wie lange werden wir brauchen, um anzukommen?" „Tatsächlich ist die Schwierigkeit nicht, bis zum Sumpf zu gelangen. Mit etwas Glück sind wir heute Abend schon dort. Das Problem wird sein, ihn zu durchqueren." Er nickte. Immerhin würde er schon sehen, was auf ihn zukommen würde, so war es doch immer. „Alles klar", sagte er und trieb sein Pferd etwas an.

Die Landschaft hinter Mühlfurt sah genau so aus, wie davor. Flach und viel Wasser. Hätte Linda nicht gesagt, dass sie nach Norden reiten, hätte er vermutlich, so gedankenverloren wie er manchmal nun war, geglaubt, dass sie wieder zurück nach Krähenhain reiten würden. Beide waren sie heute bei ihrem Aufbruch schweigsamer, als sie die letzten Tage gewesen waren, weshalb der Ritt bei weitem nicht so aufregend war, wie er hätte sein können. Um die Mittagszeit herum legten sie kurz Rast ein und ließen ihre beiden Gäule von einem der unzähligen Bäche trinken, während sie selbst etwas von ihrem Brot naschten und ihre Schläuche ganz auffüllten. Noch, meinte Linda, wäre das Wasser gut genug um es zu trinken. Im Sumpf würden sie sich ihren Trinkschlauch jedenfalls nicht wieder auffüllen können. Nach nur wenigen Minuten aber schon ritten sie wieder weiter, wobei Linda den Weg abermals zu kennen schien, denn es gab keinen richtigen Weg, dem man folgen hätte können. So meinte sie, dass alle Ortschaften oberhalb von Mühlfurt am See lagen, oder zumindest von einer Ortschaft am See aus dorthin zu gelangen war, denn kaum jemand reiste durch die Nebelsümpfe, vor allem nicht aus geschäftlichen Gründen mit Ware, oder Ähnlichem. Kein Karren hätte eine vernünftige Chance gehabt, durch den Morast zu kommen, ohne mehrere dutzende Male stecken zu bleiben. „Wenn man es denn überhaupt schafft ihn wieder rauszubekommen", plauderte Linda mit ihm, während sie ein etwas langsameres Tempo aufgrund der vielen Hindernisse annahmen. „Es gibt genug Geschichten darüber, dass man im Sumpf den einen oder anderen zurückgelassen Karren voller Güter finden könnte. Aber ganz ehrlich, wenn der Kaufmann das Zeug selbst nicht mitnimmt, dann wird man selbst auch nicht viel mitnehmen können." „Leuchtet ein, ja. Der Weg mit dem Boot ist bestimmt der bessere", meinte Wallace darauf. „Sicherer, ja. Aber auch teurer, da die Schiffersleute untereinander den Preis absprechen, sodass alle einen ordentlichen Betrag ausbezahlt bekommen und es zu keiner Konkurrenz kommt. Deshalb wird es vermutlich trotzdem immer wieder Handelsleute geben, die versuchen diese Gebühr zu umgehen." Nach einer Weile fügte sie noch hinzu: „Obwohl, wenn man den Geschichten trauen kann, sollen, dank dem Nebel, der an schlechten Tagen über die Sümpfe zieht und einen beachtlichen Teil des Sees ziemlich schlecht navigierbar macht, schon so einige Schiffsfrachten verschwunden sein." „Woher weißt du das alles, Linda?" „Schon vergessen? Ich bin Gastwirtin", antwortete sie und beide lachten. Der Tag sollte sich schon bald dem Ende zuneigen und für Wallace hatte sich die Landschaft noch immer kein Stück dem Aussehen nach verändert. „Ich dachte, wir würden heute weiter kommen", sagte Linda, wobei sie hinzufügte, dass sie tatsächlich etwas langsam unterwegs seien. „Morgen können wir etwas länger halt machen, in einer Ortschaft, die just bei den Nebelsümpfen liegt. Von dort aus können wir dann weiter." So schlugen die beiden auf einem Flecken fester Erde ihr Nachtlager auf und beschlossen morgen abermals früh loszuziehen.

Am nächsten Morgen, die Sonne war noch nicht ganz über den Horizont geklettert, wachten die beiden beinahe gleichzeitig in unendlichem Weiß auf, welches über sie hinweg zog. Der Nebel war dicht genug, sodass sie nur einige Pferdelängen weit sehen konnten. „Das ist ungewöhnlich", sagte Linda zu Wallace, „Normalerweise zieht der Nebel nur über den Sumpf und seine äußeren Grenzen hinweg." So stiegen sie auf ihre Pferde und ritten langsam los. „Zum Glück sind wir schon bald da, denn heute reiten wir langsam", meinte Wallace zu ihr und gähnte dabei. Langsam zu reiten war eine Sache, aber dann auch noch wenig zu sehen, das ermüdete ihn tatsächlich. Maximal drei Stunden später lichtete sich der Nebel allmählich wieder etwas und sie konnten sehen, dass sie die Ortschaft, von der Linda gesprochen hatte, sogleich erreichen würden. Wallace dachte darüber nach, welche Art von Mensch an so einem Ort wohl wohnen wollen würde. An der Grenze eines Sumpfes, umgeben von nichts und niemanden. Da er so darüber nachdachte fiel ihm auf, dass es vielleicht tatsächlich was Gutes an sich haben könnte hier zu wohnen. Wer würde einen hier schon suchen? Wenn man seine Ruhe hätte haben wollen, dann wäre das einer dieser Orte, an denen man sie die meiste Zeit auch bekommen würde, ganz sicher. „Wie heißt dieser Ort denn?", fragte Wallace, davon ausgehend, dass Linda auch das wusste. „Er hat keinen. Viele Dörfer hierzulande haben keinen Namen. Zumindest keinen offiziellen." Wie sie in das Dorf einritten, trafen sie erst mal auf argwöhnische Blicke der Bewohner, die durch die Straßen gingen. Sie ließen sich aber nicht sonderlich davon beeindrucken. „Ich muss jemanden mit Ortskunde etwas wegen der Karte fragen", meinte Linda, stieg ab und führte ihr Pferd mit sich und Wallace tat es ihr nach. „Entschuldigt, mein Herr!", sagte sie und ging auf einen älter aussehend Mann mit Lederkappe zu, der sie darauf hin zwar grüßte, über das beginnende Gespräch aber nicht glücklich zu sein schien. Da Wallace nicht weiter Lust hatte mit dem Mann zu sprechen oder deren Gespräch zu lauschen, vertrat er sich, noch immer mit dem Pferd an den Zügeln, etwas die Beine. Wenn ihm eines klar geworden war, seitdem er sich in Lovdien aufhielt, dann, dass er tatsächlich lieber zu Fuß unterwegs war, als zu reiten.

„Zu Fuß weiter? Oh nein!", fragte Wallace mit gespielter Empörung, „Warum müssen wir denn zu Fuß weiter?" „Ach, hör mir auf. Der Mann meinte, dass es zu unsicher wäre, mit dem Pferd zu reisen. Sie wiegen einfach zu viel und wenn man nicht wollte, dass es wegen uns in einem Sumpf verendet, dann sollte man es lieber hierlassen", antwortete sie mit einer beschwichtigenden Art. „Bei wem sollen wir sie denn lassen?" „Wir können sie in einem Stall hier unterstellen und wenn wir zurückkommen, nehmen wir sie einfach wieder mit", meinte Linda und drehte sich um. Zwar freute sich Wallace, endlich wieder seine eigene Muskelkraft zur Fortbewegung zu verwenden, doch ihm war etwas mulmig zumute, wenn er daran dachte, dass es anscheinend so gefährlich war, in diesen Nebelsümpfen. Doch verspürte er auch einen leichten Nervenkitzel bei dem Gedanken daran. Beim Stall angekommen stellten sie ihre beiden Pferde unter. Wallace war sich zwar nicht sicher, ob sie die beiden Pferde auch wieder zurückbekommen würden, aber es war immerhin besser, als sie so sehr in Gefahr zu bringen. Man müsse beim Abholen bezahlen und wenn man es sich nicht leisten konnte eben solange sparen, bis man das Geld hatte. Das war ein wirklich merkwürdiges Prinzip, empfand er. Nun, da sie die Pferde eingestellt hatten, machten sie sich wieder auf den Weg um in den Sumpf vorzudringen. In nicht allzu weiter Ferne konnte man eine dicke Wand aus Nebel erkennen, die allem standzuhalten schien. „Wie wollen wir in einem solchen dichten Nebel überhaupt irgendwas finden?", zweifelte Wallace. Tatsächlich fragte er sich das und nicht nur das, sondern auch, wie man sich mithilfe einer Karte orientiert könne. Bislang schien es einen breiten Weg zu geben, doch ob dieser sich auch durch den Sumpf ziehen würde? Er hoffte es jedenfalls. „Das funktioniert schon, glaube mir", war das Einzige, was Linda für eine Weile gesagt hatte. Nicht lange und plötzlich war alles weiß um sie herum. Nicht nur weiß, sondern auch dunkler als zuvor, als würde die Sonne in einiger Zeit untergehen. Sie konnten teilweise keine paar Armlängen weit sehen und setzten deshalb jeden Schritt mit bedacht. Wallace fühlte sich sehr unwohl, als würde er schon wieder in eine komplett andere Welt gehen. Der Weg war zwar noch da, aber gerade noch breit genug, dass drei oder vier Leute hätten nebeneinander gehen können. Wenn man zu weit außen ging, stieg man auf feuchten, matschigen und schmatzenden Boden. Das alles war ihm nicht geheuer. Mit dem andauernden Gefühl beobachtet zu werden, versuchte er Linda wieder zu einem Gespräch zu gewinnen, um sich selbst abzulenken. „Und, wie groß ist dieses ... ähm, nebelige Sumpfgebiet denn eigentlich?", fragte er sie. „Es ist eigentlich gar nicht so groß, wie man glauben könnte. Doch, wie du merkst, wir bewegen uns in einem lahmen Tempo vorwärts, wodurch es länger dauert es zu durchqueren." „Verstehe ...", sagte er nachdenklich, „und woher sollen wir wissen, dass es bald dunkel wird?" „Glaub mir", antworte Linda mit dem Blick auf ihn gerichtet, „das wirst du bemerken. Wenn wir Glück haben verzieht sich der Nebel, wie so oft, wenn es Nacht wird und vielleicht können wir etwas weiter sehen." „Der Nebel ist also fast nur tagsüber so dicht?" „Wenn wir Glück haben, ja. Die Nebelsümpfe haben viele Eigenarten, das ist auch der Grund, warum sie so gefürchtet sind. Doch vor Nebel weiche ich nicht zurück", meinte Linda. So tratschten sie etwas, während sie immer wieder stehen blieben um sicherzugehen, dass sie sich noch auf dem Weg befanden. Linda hatte die ganze Zeit über die Karte in der Hand. Selbst nach stundenlangem Gehen waren sie auf nichts gestoßen, das nach einem Hinweis aussah, wie Wallace sich ihn erwartet hätte. Dann wurde es, innerhalb von wenigen Minuten, stockfinster. „Ich glaube, wir sollten es uns hier an Ort und Stelle gemütlich machen. Etwas anderes wäre bestimmt zu gefährlich", meinte Wallace und nahm seine Tasche ab und etwas Brot heraus, um daran zu knabbern. „Da hast du recht. Es hat keinen Sinn, etwas anderes zu suchen. Am Ende würden wir einfach im Sumpf versinken und ... das war es dann", sagte sie dramatisch und tat es ihm gleich. Wie er da so saß und etwas kaute, das schon lange nicht mehr nach Brot schmeckte, überkam ihn das Gefühl, tatsächlich beobachtet zu werden. Doch das konnte doch nicht sein, immerhin war er umringt von Nebel und in einem Sumpf, in dem sich keine Menschenseele freiwillig seinetwegen begeben würde. Außer Linda, dachte er sich. Linda war freiwillig mit ihm hierhergekommen. Dafür war er auch sichtlich dankbar. Er hoffte, dass sie das auch bemerkte.

Am nächsten Tag, sie waren bereits einige Stunden unterwegs oder zumindest fühlte es sich so an, da kamen sie an eine Weggabelung. Die erste, auf die sie gestoßen waren. Linda sah etwas verzweifelt auf die Karte, die sie aus Mühlfurt mitgenommen hatte. „Ich weiß nicht ...", fing sie an, aber brach den Satz ab. „Was weißt du nicht?", fragte Wallace sie nach kurzer Zeit. „Entschuldige, ich war mir nur kurz nicht klar, wohin wir müssen", sagte sie und hob ihren Blick von der Karte. „Hier, rechts entlang müssen wir." Der Nebel heute war bei weitem nicht so dicht, wie Wallace gedacht hätte und er konnte sehen, dass die Sümpfe nicht nur viel tödliche Fläche mit Wasser waren, sondern es auch etwas Vegetation gab. Einige Bäume konnte er ausmachen und es gab eine Vielfalt an Blüten, die sich zwischen den teilweise übel stinkenden Sumpfteilen auftaten. Wäre der Nebel nicht, so war er überzeugt, dann würde es ein sehr schöner Landteil sein. Doch er war nicht hier um die Schönheit der Natur zu bewundern. Also richtete er seine Gedanken wieder an das Buch und versuchte irgendwelche Hinweise zu erkennen, auch wenn er das bisher noch nicht geschafft hatte. War er denn so verzweifelt, fragte er sich. Doch welche Wahl hatte er denn, außer jeden Hinweis für sich zu verwenden. Es war ihm, als würde der Nebel nicht bloß seine Sicht, sondern auch seinen Geist umhüllen. Ein merkwürdiges Gefühl umgab ihn, das ihm fremd war. So kam es dazu, dass er, nachdem sie weiter stillschweigend eine Weile lang getrottet waren, aufsah und plötzlich staunte: „Was ist das?" Sie waren vor einem alt wirkenden Steingebäude zum Stehen gekommen. Eine düstere, durch den plötzlich verrauchten Nebel verstärkte, Präsenz umgab es. Dieses Steingebäude war bewachsen von verschiedensten Pflanzen und selbst das Dach war aus Stein, oder zumindest das, was davon übrig war. Die Luft war klar, man konnte zwar den Himmel nur erahnen, doch war die restliche Umgebung rund um das Gebäude klar zu erkennen. „Ich ...", fing Linda an zu sprechen, „ich habe keine Ahnung." Sie erklärte Wallace, dass sie eigentlich zuerst einmal den Sumpf ganz normal durchqueren hätten sollen und das hatte sie selbst schon einige Male getan. Doch noch nie war sie an diesem Ort vorbeigekommen. „Und wir sind der Karte gefolgt, keine Frage. Sie muss falsch sein!" Wallace hatte ein mulmiges Gefühl bei der Sache, wollte es aber auf keinen Fall zugeben, dass dem so war. Solange sie es nicht bemerkte, war alles in Ordnung. Geradeaus vor ihnen stand nun dieses Gebäude und beendete den Weg, den sie gegangen waren. „Sollen wir reingehen?", fragte Linda mit ihrem Blick auf das Loch im Gebäude gerichtet, in dem irgendwann mal ein Tor hätte sein können. Kurz überlegte er und antwortete dann doch mit einem gefestigtem: „Klar." Hinter dem ehemaligen Torbogen lag eine finstere Kälte und er fröstelte für einen Moment, doch Wallace ließ sich davon nicht irritieren. Sein Blick schweifte hin und her, viel gab es für ihn nicht zu sehen. Es war ein großer Raum mit einer Ähnlichkeit zu einem Altarraum, mit einem kleinen Podest, welches in der Mitte mit Schnörkeln verziert war. Neugierig stapften die beiden im Inneren des Gebäudes herum und er ging auf die Mitte zu, um den Altar zu begutachten. Von der Nähe sah er, dass die von ihm als Schnörkel identifizierten Verzierungen in Wahrheit viel mehr waren als das. Es waren Gesichter, Schlangen und böse Augen, wenn man genau hinsah. Zuerst wich er leicht zurück, doch dann drehte er eine Runde um den Steinblock mit der merkwürdigen Symbolik darauf. Die Platte des altarähnlichem Podests schien das Licht zu reflektieren. „Was denkst du, was das für ein Ort war?", fragte er Linda, während er mit musternden Augen die Platte begutachtete. „Keine Ahnung. Ein Tempel vielleicht?", antwortete diese. „Wer aber baut einen Tempel im Sumpf?" „Vielleicht war hier noch kein Sumpf, als man ihn gebaut hatte?" Doch das wäre lange her, das wusste Wallace. Nur so konnte er es sich erklären, wie hier überhaupt irgendjemand etwas hätte bauen können. Wenn er so darüber nachdachte, war er sich nicht sicher, wie das

Gebäude überhaupt noch hätte bestehen können. Immerhin war es jetzt vom Sumpf umgeben und er war sich sicher, dass Stein schwer genug war um darin zu versinken, nach allem, was er über Sümpfe gehört hatte. War es vielleicht nur ein glücklicher Zufall, dass dieses Gebäude noch stand, fragte er sich. Auch Linda musterte den Altar eindringlich. „Was für merkwürdige Symbole", flüsterte sie wohl mehr zu sich selbst, als an Wallace gerichtet, welcher gerade dabei war näher auf den Altar zuzugehen. Mit einer Hand berührte er die Oberfläche. Sie war glatt und überraschend eisig, fast so, als wäre sie aus Eis. Dann beugte er sich nach vorne und sah sein Spiegelbild. Er blickte in seine eigenen rotbraunen Augen und …

Loderndes Feuer um ihn herum. Wallace bekam fast keine Luft. Der Rauch war bereits überall. Er musste stark husten, so stark, dass er dachte, seine Lunge würde jeden Moment mit nach oben kommen oder platzen. Mit jedem Mal atmete er aber auch mehr Rauch ein. Wo war er? Er konnte sich nicht erinnern. Panik überkam ihn. Es schien, als ob er im Inneren eines Raumes wäre. Vielleicht war da eine Tür oder ein Fenster, welches er erreichen konnte? Ja, keine fünf Meter entfernt, er musste nur hinkommen. Schnell lief er hin und suchte hektisch nach einem Weg, es zu öffnen. Ihm war schon ganz schwindelig, daher konnte er es sich nicht leisten, lange nach einer Lösung zu suchen. Mit einem Blick auf seine Hände kam ihm die Idee. Er ging einen Schritt zurück und schlug mit voller Wucht auf den geschlossenen Fensterladen ein und mit einem Krach, welcher fast schon vom Prasseln der Flammen übertönt wurde, zersprang er. Wallace kletterte schnell aber vorsichtig aus dem Fenster und stand in einer schmalen Gasse. Nicht nur das Gebäude, sondern alle Gebäude um ihn herum schienen in Flammen zu stehen. Entschlossen rannte er die Gasse nach oben, da dort eine breite Straße zu sein schien. Dort angekommen fiel ihm auf, dass er noch keinem einzigen Menschen begegnet war. Was war hier los? Alles brannte und niemand versuchte das Feuer zu löschen. Wallace wollte nicht stehen bleiben, nein, er musste weitergehen und jemanden finden, das wusste er. „Ist denn niemand hi…", abrupt schnitt es ihm das Wort ab. Vor ihm stand plötzlich ein großer, blasser Mann mit breiten Schultern, auf denen sein rabenschwarzes Haar ruhte. Dieser starrte ihn an, durchdrang mit seinen tiefen, mandelförmigen, meeresblauen Augen förmlich seinen Verstand, so schien es. „Hallo, Wallace", meinte dieser, doch ohne seinen Mund zu bewegen. Es schien nicht nur so, er war wohl tatsächlich in seinem Verstand. Mit dem Gefühl, als ob gerade jemand sein komplettes Leben innerhalb weniger Sekunden durchforsten würde, hallte diese tiefe, aber sanfte Stimme in seinem Kopf. „Keine Angst. Ich wusste schon vorher, wer du bist", erklang es wieder. Wallace war starr, er konnte kaum atmen, schien es ihm. „Ich weiß, wo du bist."

Er erschrak und taumelte, doch Linda hatte bereits ihren Arm um ihn gelegt. „Wallace, was ist los?", fragte sie mit Hektik in der Stimme. „Du war plötzlich ganz weggetreten." „Ich …", er musste selbst erst begreifen, was geschehen war, „ich glaube, ich habe ein Problem."

Wallace erzählte ihr von seinem Albtraum, den er vor seiner Ankunft bei ihr hatte und von dem, was er gerade eben gesehen hatte. Er war sich sicher, dass das hier kein Traum gewesen war, immerhin war er noch gerade wach gewesen. Viel mehr fühlte es sich an, so meinte er, als wäre sein Geist einfach woanders hineingesogen worden, als wäre er plötzlich an einem anderen Ort gewesen. Linda hatte ihn wohl noch nie zuvor so aufgelöst erlebt. Er meinte, dass er schon vorhin ein mulmiges Gefühl gehabt hätte, auch wenn er das, wäre das gerade nicht passiert, nie zugegeben hätte. Er fragte sich, ob es nicht so etwas wie Vorahnung gewesen war. „Er meinte, er weiß wo ich bin", sagte er stutzig. „Was glaubst du, was wir jetzt tun sollen?" Linda zuckte nur mit den Schultern. Sie wirkte etwas verklemmt. Wallace ging auf und ab. „Ich weiß es klingt merkwürdig, aber es fühlte sich so real an. Keine Ahnung. Seitdem ich hier gelandet bin, kann ich mir alles vorstellen!", fing Wallace an und schrie schon bald. „Was, wenn es real ist? Dann hat mir gerade ein komischer Typ erzählt, dass er weiß, wo ich bin!" Linda sah ihn mit stutzigem Blick an und wollte gerade ansetzen, um etwas zu sagen, doch Wallace redete weiter: „Immerhin bin ich schon einfach durch den unendlichen Wald gekommen, bin auf dich gestoßen, wir sind wegen eines … wegen eines Buches sind wir überhaupt hier! Wenn du mir nicht vertraust, dann musst du es mir bald sagen, denn ich habe kein wirklich gutes Gefühl bei dieser Sache, verstehst du?" Er war überrascht von sich selbst, er hatte es förmlich hinausgeschrien aus sich, wollte aber auf keinen Fall, dass Linda sich davon persönlich angegriffen fühlte, immerhin war es bloß seine eigene Verzweiflung, die ihn so weit getrieben hatte. „Ich … es tut mir leid. Es ist bloß alles so verwirrend, verstehst du?", fügte er noch abschließend hinzu. Linda sah erst etwas verzwickt drein und ging auf Wallace zu, dann umarmte sie ihn mit einem herzlichen Lächeln. „Kein Grund dich zu entschuldigen", sagte sie in ihrer sanftesten Art, die er bis dahin von ihr gehört hatte. „Ich kann verstehen, wie du dich fühlst." Er erwiderte die Umarmung und schloss dabei die Augen. „Danke", sagte er und nachdem sie da so einige Zeit gestanden hatten, lösten sie sich aus der Umarmung wieder. „Also, was sollen wir jetzt tun?", fragte er, mit nun besserer Laune. „Wir sollten definitiv der Sache auf den Grund gehen", erwiderte Linda. „Das klügste wäre, wenn wir nach Erenport gehen. Es ist zwar keine große Stadt, aber mit einem Schiff würden wir immer noch schneller weiterkommen, als wenn wir den Weg zu Fuß zurücknehmen würden, über den wir gekommen sind." Mittlerweile war sich Wallace sicher, dass er ohne Linda längst umgekommen wäre. Ohne ihre Ortskenntnis und ihre tüchtige Hilfe hätte er vermutlich Krähenhain schon nie verlassen. „Du klingst, als hättest du schon eine Idee, was wir tun können?", bemerkte Wallace. „Eine Idee, ja. Ich kenne jemanden, der uns vielleicht helfen könnte. Wie es der Zufall will, lebt er gleich außerhalb von Erenport. Es liegt also so oder so auf dem Weg." Also gingen sie aus dem alten Steintempel heraus und machten sich auf den Weg. Die Pferde, so meinte Linda, würden sie sich holen, nachdem sie von Erenport aus mit dem Boot den Sumpf umfahren haben. Also wandten sie sich um und gingen wieder gen Nebel, dorthin, wo sie kurz zuvor hergekommen waren. Danach würden sie hoffentlich die richtige Abzweigung nehmen, dachte Wallace sich, denn nochmal wollte er nicht diesen Traum erleben. War Traum denn das richtige Wort? Immerhin hatte er nicht geschlafen oder zumindest wäre es höchst merkwürdig so plötzlich einzuschlafen. Wie so oft konnte er sich keinen Reim auf die Sache machen. Ob Linda wohl wusste, was es damit auf sich hatte? Er spähte zu ihr hinüber. Wie die Tage zuvor gingen sie wieder nebeneinander, manchmal auch hintereinander, wenn der Weg zu schmal wurde und manchmal redeten sie und manchmal nicht. Sie selbst hatte einen nachdenklichen Blick aufgesetzt, als würde sie genauso grübeln wie er. Es hatte sich angefühlt, als wäre er einfach plötzlich dort gewesen. Es beunruhigte ihn.

Nach zwei weiteren Tagen von zähem und vorsichtigem Fußmarsch durch die Nebelsümpfe ohne große neue Erkenntnisse, lichtete sich der Nebel am dritten Tag schon früh morgens, nachdem die beiden aufgebrochen waren. Sie hatten zwar reichlich miteinander geredet, doch waren sich gleichzeitig sicher, dass keine ihrer Theorien auch nur annähernd an die Wahrheit herankäme. Dadurch wurden immer wieder neue aufgestellt, meist abwechselnd von ihm und ihr, am Ende waren sie so vertieft darin, dass sie gar nicht gemerkt hatten, wie weit sie schon gegangen waren. Abermals war Wallace von der Vielseitigkeit der Landschaft überrascht. War er bisher durch hügelige Grasländer oder flache Wassertümpel gereist, so sah er nun in der Ferne sich riesige Berge auftürmen. Er wurde langsamer und staunte, denn es waren helle Berge, welche im Lichte der Morgensonne zu strahlen schienen wie die Sonne selbst. Wallace konnte seine Augen kaum davon abwenden. Wenn ihn eines am meisten überraschte, dann war es diese merkwürdige Vielseitigkeit dieser Breiten. „Schön, nicht wahr?", fragte ihn Linda, welche selbst auf die Berge blickte. „Man nennt dieses Gebirge die Falkgipfel. Es reicht in den unendlichen Wald hinein, soweit ich gehört habe." Für Wallace war dies nicht unwahrscheinlich, es wirkte auf ihn wie ein prunkvoller Palast, der über das Land hinwegblickte. Er war sich sicher, dass man vom Gipfel aus sogar Krähenhain sehen könnte, wenn denn nicht die Nebelsümpfe wären. „Was liegt dahinter?", fragte Wallace neugierig und etwas verträumt. „Hinter dem Gebirge? Nichts Nennenswertes, von dem ich wüsste. Allemal findest du Dörfer, die sich selbst versorgen. Ich selber war aber noch nie dort", meinte Linda. „Erenport ist keinen Tagesmarsch weit mehr entfernt", sagte sie dann noch und wurde plötzlich etwas schneller. Wallace hielt mit ihr Schritt. Er war schon etwas aufgeregt. Wen würde Linda wohl mit ihm aufsuchen wollen? Unterwegs in den Sümpfen hatte er sie gefragt, was für eine Person es sei und sie meinte darauf nur, dass es sich um jemanden handelt, der sich genau für solche mystischen Dinge interessierte. Mehr hatte er nicht aus ihr herausbekommen. Mystische Dinge. War es das denn wirklich? Vermutlich, dachte er sich, denn was wäre es sonst? „Mystisch …", nuschelte er gedankenverloren und rieb mit einer Hand seine Schläfe. Dann richtete er den Blick auf die Berge und träumte vor sich hin. Ihm gefiel diese Aussicht einfach zu gut.

„Wir werden gleich da sein", sagte Linda kurz nach ihrer Rast um die Mittagszeit herum. Auf ihrem Weg hierher waren sie keiner Menschenseele begegnet, was Linda damit begründete, dass sie gerade aus den Sümpfen kamen und, wie auch von Mühlfurt aus, kaum jemanden den Weg durch diese zu nehmen wagte. Tatsächlich meinte Linda, wenn sie gleich sagte, auch gleich. Keine paar Minuten später tauchten sie in das Wäldchen ein, welches laut ihrer Aussage die letzte Hürde vor der Stadt sein sollte und hinter dem auch sogleich ihre Bekanntschaft ihre Behausung hatte. Es war ein dichter Birkenwald, welcher in Wallace Augen perfekt zu den Falkgipfeln passte, so weiß wie er strahlte. Doch die Straße zog sich durch einen sehr ausgedünnten Teil dieses Wäldchens, was wohl für den Schiffsbau herhalten musste und so waren sie auch nach nur wenigen Gehminuten schon wieder hindurch. Das erste Haus, auf das sie stießen, war das des Mystikers. Sie gingen darauf zu und Linda zog scharf Luft ein. Ohne Vorwarnung fing sie an schnell zu der Tür des Hauses zu laufen und riss sie auf. „Verdammt!", kam es aus ihr heraus. Wallace lief ihr hinterher und war erst etwas stutzig, verstand dann aber, was sie fluchen ließ. Das Haus war verwüstet und, dem Anschein nach, schon etwas länger nicht mehr bewohnt gewesen. Eine Enttäuschung überkam Wallace, hatte er sich doch gerade gefühlt, als würde er einer Lösung näherkommen sein. Sie sah ihn an, bemerkte es wohl und machte einen verzweifelten Gesichtsausdruck, dann ging sie in das verlassene Haus. Wallace tat es ihr gleich und trat ein. Die Wohnstube des kleinen Hauses war komplett verwüstet. Das, was vermutlich mal ein Tisch war, lag in Teile zertrümmert durch den ganzen Raum verteilt. Einige Kerzen und Papierfetzen lagen verstreut auf dem Boden, so als ob sich ein wildes Tier jedes einzelne Ding vorgenommen hätte. Mit einem Blick nach oben konnte man erkennen, dass das Dach bereits Löcher hatte. Hätte Wallace raten müssen, wäre er davon ausgegangen, dass hier schon Monate niemand mehr gelebt hatte. „Was denkst du ist passiert?", fragte er Linda, die gerade bei einem der besagten Papierfetzen kauerte und ihn genauer unter die Lupe nahm. „Ich habe keine Ahnung", antwortete sie, ohne einen Blick davon abzuwenden. Wallace ging zu ihr und sah sich den Zettel an, welchen sie in der Hand hielt, doch er konnte kein Wort lesen von dem was darauf stand. Auf die Frage, was das für eine Sprache sei, wusste Linda auch keine Antwort und meinte, dass es keine ihr bekannte war.

Nachdem sie eine Weile herumgestöbert hatten, aber außer den Papierfetzen, von denen sich beide einige in die Tasche steckten, nichts Besonderes finden konnten, beschlossen die beiden, in die Stadt weiterzuziehen. Linda erzählte, sie hätten des Öfteren gemeinsam mit ihrer Mutter bei diesem Mann vorbeigeschaut, doch mehr als das, was sie ihm erzählte hatte, wusste sie auch nicht. Enttäuscht gingen sie die Straße weiter, hinzu auf die kleine Stadt, die nicht mehr weit vor ihnen lag. „Wir werden schon noch herausfinden, was das alles zu bedeuten hat. Da bin ich mir sicher", meinte Linda mit einem tristen Blick zu ihrem Begleiter. Ich hoffe es, dachte er sich und versuchte sie anzulächeln.

Kapitel 4 – Erenport

Ihm war schwindlig zumute und der Schweiß stand ihm auf der Stirn, als er da so stand und die Straße hinabblickte. Er lief mit verwundertem Blick den Weg entlang, blieb aber dann ganz plötzlich abrupt stehen, sodass ihm Linda hinten auf die Ferse trat. Doch er war er so apathisch, dass er sie gar nicht wirklich wahrnehmen konnte. Linda versuchte irgendetwas mit ihm zu reden, er konnte sich aber nicht auf sie konzentrieren. Er starrte nur. „Das ist die Stadt", sagte er. Sie hatten Erenport komplett verlassen aufgefunden. Die Felder lagen brach, die Gebäude waren in einem demolierten Zustand. In keinem Haus konnte man ein Licht einer Kerze sehen. Es war die Stadt, von der er geträumt hatte. Oder hatte er in ihr geträumt? Er fühlte eine unglaublich erdrückende Ohnmacht über ihn fallen, ihm wurde ganz anders zumute, ihm war, als würde er gleich durchdrehen. „Sag mir was du meinst, mit ‚Das ist die Stadt'! Wallace! Rede mit mir!", konnte er Linda plötzlich zu ihm sagen hören. Sie hatte ihn wohl die ganze Zeit über schon bei den Schultern gepackt und geschüttelt. Er legte seine Hände auf ihre und schob sie von seinen Schultern und sagte dabei deutlich verstört: „Das ist die Stadt aus meinem Traum", er versuchte sie dabei nicht anzusehen. Er wusste nicht, was für eine Bedeutung das haben könnte, oder weiter für sie haben würde. Was sollte er davon halten? Ein Gefühl von Angst und Panik überkam ihn für einen Moment und er schnappte nach Luft, er fühlte sich, als müsse er ersticken. Er fühlte die ganze Last seiner Reise, seiner Gedanken, seiner Probleme auf einmal wie einen riesigen Stein auf sich niederdrücken und glaubte direkt tot umzufallen. Kurz taumelte er, doch Linda hielt ihn fest. „Wallace, keine Sorge. Ich steh' dir bei", meinte diese. Es dauerte einige Zeit und ein paar Schlucke Wasser, bis er wieder vollständig zu sich gekommen war. Das Ganze war ihm für einen kurzen Moment einfach zu viel geworden, sagte er sich, und war kein Zeichen seiner Schwäche. „Du bist echt ungewöhnlich, Wallace", sagte Linda und musterte ihn dabei. „Wir werden herausfinden, was es damit auf sich hat. Hast du mich verstanden? Gemeinsam werden wir dieses merkwürdige Rätsel lösen." Merkwürdiges Rätsel beschrieb es ganz gut, dachte sich Wallace. Ihm war zwar noch immer nicht wohl, doch ging es ihm schon viel besser als zuvor. Sie saßen nicht weit von dem Ort entfernt, an dem Wallace in seinem ersten Traum heruntergelaufen war. Die Häuser in diese Richtung waren zum größten Teil niedergebrannt, nur noch Teile der steinernen Mauern stand bei einigen noch. „Wann denkst du, dass das passiert ist?", grübelte Wallace und sah sich dabei vorsichtig um. „Es kann nicht ewig her sein, man hätte doch nach einiger Zeit von einem Vorfall wie diesem gehört, denkst du nicht?", erwiderte Linda. Da hatte sie wohl leider recht. Wenn es so lange her gewesen wäre, wie seine Ankunft in Lovdien selbst, dann wäre die Nachricht über dieses Geschehnis doch schon längst verbreitet gewesen. Einer der Bewohner hätte doch … „Was …", fing er irritiert an, „was denkst du, ist mit all den Bewohnern geschehen?" Wenn schon der eine Teil seines Traumes der Wahrheit entsprach, wieso sollte es nicht der Rest auch tun? Er machte einen Satz und lief in die Richtung, in der er den Ort seines ersten Traumes vermutete. Linda lief ihm ohne ein Wort zu sagen hinterher. Vermutlich würde sie sich dieselben Gedanken machen. Kurz vor dem Ort des Traumes blieb er stehen, es wurde ihm übel. Er wandte seinen Blick ab und sah, dass auch Linda der Ekel in das Gesicht geschrieben stand. Sie fanden keinen Leichenberg in diesem Sinne vor, sondern einen Haufen voller verkohltem Fleisch, Knochen und scheinbar oft nass gewordener Asche, die sich kreisförmig über den Platz auszudehnen schien. Die beiden stellten sich in eine Seitenstraße und sahen sich gegenseitig ungläubig an. Was hatte das alles zu bedeuten? Wer würde Menschen so etwas antun? Nicht nur, dass die Stadt niedergebrannt wurde, sondern auch noch ihre Bewohner? „Ob das wohl alle sind?", fragte Wallace leichenblass. Er hätte gerne gewusst, ob es jemand geschafft hatte zu entkommen. Natürlich war das eine Frage, auf die niemand von den beiden eine Antwort hatte. Er fühlte sich wie in einem Albtraum, einem Albtraum, der sich schon über Monate hinweg zog. „Sehen wir uns den Rest auch an", sagte er plötzlich und richtete sich ganz auf. Immerhin wusste er, wo sich die anderen Schauplätze seiner Träume befanden. Oder zumindest sollte er sie finden können. „Bist du dir sicher?", meinte Linda vorsichtig. Doch er war sich sicher, dass er das tun wolle. Was hätte schlimmer sein können, als das, was er gerade gesehen hatte. Tatsächlich war er sich sicher, dass es bereits die nächste Gasse sein musste, die auch in seinem Traum vorkam. Dort angekommen stellte er fest, dass es tatsächlich nur dieselbe sein konnte. Ein unglaublich unheimliches Gefühl überkam ihn und er erschauderte, sodass es ihm kalt den Rücken herunterrief. Über reale Orte zu träumen war eine Sache, über reale Orte, an denen er noch nie gewesen war, das war schon wieder eine ganz andere Geschichte. Mit Vorsicht und bedachten Schritten ging er die Gasse hinauf oder eher dem, was von der Gasse noch übrig war. Keines der Häuser war in einem Zustand, dass man sie hätte unterscheiden können. Er ging die Gasse weiter hinauf und blieb plötzlich stehen. „Genau hier", meinte er knapp. Linda verstand wohl, was er meinte, denn sie fragte nicht nach. Er sah sich um, doch es gab kein Anzeichen für irgendetwas außergewöhnliches, noch den großen blassen Mann aus seinem Traum. Auch nach längerer Suche ließen sich keine Hinweise darauf finden. „Es muss aber doch lange genug her sein, dass es hier oft regnen konnte", meinte Linda plötzlich. Auf die Frage woher sie das wissen wollte, antwortete sie: „Wenn der Mann aus deinem Traum nicht die Stadt allein zerstört hat, dann fehlen hier die Spuren der Leute, die es getan haben." Sie hatte recht. Wallace lehnte sich gegen einen Mauerteil und kramte etwas zu trinken aus seiner Tasche und dachte nach.

„Und du denkst, dass wir mit dem Boot fahren können?", fragte er, während er argwöhnisch auf die Nussschale von Boot blickte, das unzerstört im Hafen von Erenport lag. Sie würden am späten Abend los, die Nebelsümpfe umfahren und schlussendlich wieder ihre Pferde holen. Linda meinte, es hätte keinen Zweck sich weiter in Erenport aufzuhalten, denn sie würden anderswo auch auf Antworten stoßen können. Es gab an diesem Ort doch nichts mehr außer einer zerstörten Stadt. „Natürlich denke ich das", antwortete sie schließlich, nach einer Pause, auf die ursprüngliche Frage und sah ihn dabei witzelnd böse an und bedeutete ihm dann mit ihr gemeinsam das Boot ins Wasser zu schieben. Nachdem sie aufgesprungen waren, setzte sich Wallace gleich zu den Rudern, um fürs Erste von dem Erenporter Hafen wegzukommen. Zwar war er sich nicht sicher ob er über das hinwegkommen würde, was er gesehen hatte, doch wenn er die Nacht durchruderte hatte er bestimmt keine Zeit um großartig daran zu denken. Linda kümmerte sich um die Navigation, sie wusste eher wie die Beschaffenheit des Mehrensees war als er. Sie meinte, dass ein großer Bogen notwendig sei, denn sonst würden sie bei Nacht durch Nebel fahren müssen, der von den Nebelsümpfen bis auf den See selbst zog. Dort gab es auch genug Geschichten und als Linda gerade anfangen wollte Wallace welche davon zu erzählen, bat er sie das erste Mal dies zu unterlassen. Auch wenn er sich selbst als tapfer ansah, bei Nacht auf einem riesigen See zu sein und noch dazu Horrorgeschichten erzählt zu bekommen, würde ihm nicht unbedingt die größte Freude bereiten. Sie entschuldigte sich dafür, dass sie nicht daran gedacht hatte, dass dies wohl eine merkwürdige Situation für ihn werden könnte und kicherte etwas. Wallace hatte sich das Rudern definitiv etwas leichter vorgestellt. Sie waren noch nicht lange unterwegs, schon spürte er die Anstrengung in den Knochen. Doch aufgeben, das würde er nicht. Er war froh, dass nun nur mehr der Mond auf die Wasseroberfläche fiel und sonst keine Lichtquelle vorhanden war, denn ansonsten hätte man ihm die Anstrengung wohl schon früher angesehen. Anmerken wollte er sich auf keinen Fall etwas lassen. Während er also das Boot weiter vorantrieb, ruhte sie sich aus. Denn, so meinte sie, um schneller wieder an Land zu kommen, würden sie sich mit der anstrengenden Tätigkeit morgen abwechseln. Mit den Gedanken ganz darauf fokussiert, ließ Wallace nicht nach. Er lauschte in die Nacht hinein und hörte bloß das Platschen seiner Paddel und das Wasser, welches leichte Wellen am Bug seiner Nussschale schlug. Es war schon lange nicht mehr so ruhig gewesen, dachte er.

Als die Sonne ihren Aufgang langsam begann, aber noch nicht über den Horizont gekommen war, wechselten sie die Plätze. Nun konnte es sich Wallace für eine Weile gemütlich machen. In der Dunkelheit der Nacht hatte er gar nicht bemerkt, wie nahe er dem unendlichen Wall aus Wasserpflanzen, die für ihn wie Schilf aussahen, gekommen war. Seine Gefährtin konnte den Kurs ohne Probleme korrigieren, doch hatte er das Gefühl, dass sich einige ihrer Geschichten, die sie nicht erzählt hatte, um dieses Pflanzenmeer gedreht hätten. Doch er verlor keinen weiteren Gedanken daran. Seine Arme schmerzten, fühlten sich an, als wären sie aus Blei. Ein bisschen mehr und, so war er sich sicher, sie wären ihm abgefallen. Mit einem Seufzer legte er seinen Kopf auf seine Tasche und schloss seine Augen.

Er öffnete sie wieder. Es war ihm, als hätte er nur eine Sekunde die Augen geschlossen, doch der Stand der Sonne war bereits so hoch, dass es auf keinen Fall möglich war. Er streckte sich und rieb sich die Augen. Seinen Armen ging es glücklicherweise wieder besser. „Gut geschlafen?", fragte ihn Linda lieblich. Er nickte und lächelte sie an. Es war ein schönes Gefühl, nach dem Aufstehen gleich mit jemanden reden zu können. Es gefiel ihm, in Lovdien zu sein. Auch wenn ihm manchmal der Wehmut überkam, es war nicht alles schlecht. „Wollen wir tauschen?", fragte er und richtete sich dabei auf. Doch sie musste gar nicht antworten, denn er sah, dass sie in Kürze das Ufer erreichen würden. Wie lange hatte er denn geschlafen? „Du hast die größte Strecke für uns zurückgelegt", meinte Linda. Den Rest des Weges ließ sie das Boot durch den Schwung zurücklegen und legte die Ruder beiseite. „Brauchst also kein schlechtes Gewissen zu haben", grinste sie. Er hoffte bloß, dass dies der Wahrheit entsprach. Mit einem Ruck landeten sie auf dem Ufer auf und hievten sich heraus. Laut ihrer Aussage waren sie keine paar Reisestunden entfernt von dem Dorf, durch das sie durchgekommen waren, bevor sie in die Nebelsümpfe marschierten. Von dort aus würden sie dann zu Pferd weiterreisen. Sie zogen gemeinsam das Boot an Land. „Wohin werden wir denn reiten?", fragte Wallace, während er fleißig mit anpackte. „Ich glaube, das Beste wäre", schnaufte Linda, „wenn wir eine Weile in Mühlfurt nach neuen Reisemöglichkeiten suchen." Sie begründete dies damit, dass sie von dort aus weiter in das Landesinnere ziehen oder auch eine Passage auf einem Schiff kaufen könnten. So waren sie flexibel. Für Wallace klang das einleuchtend, aber er hätte so oder so gegen keinen ihrer Vorschläge protestiert. Nicht, weil er keine eigene Meinung hatte, sondern weil er ihr vertraute.

Er hatte sich bereits darüber Gedanken gemacht und war sich mit sich selbst einig geworden, dass er das könnte. Es gab keinen Grund, es nicht zu tun, nach all dem, was sie für ihn getan hatte. Kurz ruhte sich Linda aus und beide aßen sie das letzte bisschen von ihrem Reiseproviant, welches sie noch hatten. Mittlerweile war es auch an der Zeit, dachte sich Wallace. Brot konnte er schon gar nicht mehr sehen und der Gedanke kam von ihm, jemanden der wirklich keine hohen Ansprüche an solche Annehmlichkeiten stellt. Sie würden wohl ein bisschen Vorrat im Dorf mitnehmen. Danach brachen sie auf und wanderten abermals durch die Marschenlandschaft oberhalb von Mühlfurt.

„Du kannst hier warten, wenn du willst. Ich bin gleich wieder mit den Pferden und etwas Proviant zurück", meinte Linda zu ihm. Wallace erklärte sich einverstanden und machte es sich unter einem Baum gemütlich. Er würde hier etwas rasten, bevor sie wohl nach Mühlfurt durchreiten würden. Er schloss ein wenig die Augen und dachte an jenen Tag, an dem er diesen köstlichen Brei des Unbekannten in der Wildnis gegessen hatte. Sein Magen knurrte bei diesem Gedanken und er musste über sich selbst lachen. So weit war es also schon gekommen, bei dem Gedanken an Brei wurde er schwach! Er hörte ein paar Schritte und öffnete die Augen. Plötzlich waren einige berüstete Gestalten vor ihm aufgetaucht. Er hatte sich selbst so sehr abgelenkt, er hatte es gar nicht mitbekommen! Er versuchte sich schnell aufzurappeln, doch ganz plötzlich bekam er einen

Schlag auf den Kopf und es wurde ihm schwarz vor Augen.

„Mach mal etwas schneller, 's gibt's ja nicht!" „Ja, Ja! Ich mach' ja schon." „Rein da mit ihm." Wallace vernahm das Schließen eines Schlosses. Sein Kopf dröhnte und er hatte das Gefühl, als hätte er auf einem Stein geschlafen.

Er öffnete die Augen. Es war dunkel. War es bereits Nacht? Es war dunkel und kalt. Wo war er? Was war passiert? Er fasste sich auf den Kopf und sog scharf Luft ein. Keine gute Idee, dachte er sich. Langsam richtete er sich auf. Er lag seiner Einschätzung nach auf etwas, das als Schlafmöglichkeit dienen sollte. Es dämmerte ihm nur allmählich, als er sich zu orientieren versuchte: Er musste in etwas Ähnlichem wie einem Kerker sein. Nun stand er auf und seine Füße berührten den Boden. Sie hatten ihm allen Ernstes seine Kleidung genommen? Die Hose haben sie ihm gelassen, mehr schon nicht. Viele Fragen schossen ihm in den Kopf, so viele, dass ihm fast schwindelig wurde. Panik brach über ihn herein. Was war mit Linda? Ging es ihr gut? Wusste sie, was passiert war? Er hoffte es. Wenn nicht, würde er sich das nie verzeihen, niemals! So unvorsichtig wie er war. In der Ferne hörte er Schritte und er konnte etwas Licht erkennen, welches wohl durch einen Spalt durch die Tür fiel. Doch niemand kam in seine Nähe und er würde sich nicht dazu herablassen zu rufen. Er hoffte nur, dass es Linda gut ging. Solange er nicht verhungern würde, wäre ihm seine Situation egal, ganz bestimmt würde er es schon irgendwie durchstehen. Auch wenn er sich keinen Reim darauf machen

konnte, warum ihn diese Leute hierher, wo auch immer hier war, mitgenommen hatten. Tief atmete er
durch. Genau, dachte er sich, einfach ruhig bleiben.
Er war von seiner Heimat durch die Wildnis hierher
gelangt, was sollte ihm schon noch großartig passieren? Langsam setzte er sich auf das, was für die
nächste Zeit sein Bett sein würde, wie er vermutete,
und stützte sein Gesicht in seinen Handflächen. Von
der Panik in Wehmut verfallen, musste er sich das
Weinen verkneifen. Manchmal war er aber auch echt
emotional, dachte er sich. Er musste sich selbst Stärke
einreden, so hat er es schon immer gemacht und oft
hatte es funktioniert. Der Nachteil war, dass er eben
hin und wieder seine Gefühle nicht unter Kontrolle
hatte. Das war der Preis dafür, dass er eigentlich viele Schwächen hatte. So wie zum Beispiel, dass er seine Freundin nun einfach im Stich ließ, während er
hier saß und, anstatt einen Plan zu finden, lieber unglaublich traurig war. Wieso konnte er nicht einfach
tatsächliche Stärke besitzen? War das denn so
schwer? Dann fühlte er sich einfach nur mehr leer
und traurig. Vielleicht wäre es doch besser, wenn er
hier nie herauskäme, so würde er zumindest niemanden mehr zur Last fallen. So wie er Linda nur zu Last
gefallen war, seitdem er in ihre Gaststube getreten
war. So ging es für einige Zeit weiter, er machte vor
keinen Selbstanschuldigungen halt, bis er es irgendwann müde war, über sich selbst nachzudenken. Wie
könnte er das alles wieder gut machen? Konnte er
seine Schuld denn bei ihr begleichen, nach allem, was
sie für ihn getan hatte? Sie würde bestimmt nicht zufrieden damit sein, wenn sie ihn so sehen würde.
Nein, vermutlich, dachte er sich, würde sie wollen,

dass ich eines der unzähligen Bücher über ähnliche Situationen lese und dann in unbekannte Gefilde reise. Er musste über diesen Gedanken leise lachen. Warum auch immer gab ihm dieser Gedanke ein Gefühl von Heiterkeit. Er würde nicht aufgeben, heute noch nicht.

„Steh auf, du stinkender Lump!", hallte es von vor seiner Zelle. Die Wachen hatten die Angewohnheit, nicht nur unfreundlich zu sein, sondern ihn auch zu quälen. Oft, wenn er sich gerade in Sicherheit wog und etwas Schlaf bekommen wollte, da war schon wieder eine Wache bei ihm, um ihn anzubrüllen. Dadurch hatte er mittlerweile komplett den Überblick darüber verloren, wie lange er wohl schon hier sei. Zwar bekam er zu essen und zu trinken, doch er fühlte sich schwach und beinahe etwas kränklich. Sein Leben bestand aus nichts anderem mehr als zu warten, in beinahe andauernder Dunkelheit. Doch er wusste nicht einmal, auf was genau er warten würde. Auf Rettung? Auf eine Antwort der Wächter auf die Frage, was er denn überhaupt getan hätte? Beides schien fernab jeder Realität. Wallace stand also wie jedes Mal wieder ohne großartige Widerworte auf und erwartete bereits die nächsten Beschimpfungen des Wärters bei seiner Zellentür. Er hatte keine Ahnung, ob er diesen bereits jemals gesehen hatte, oder nicht. Obwohl sehen etwas weit hergeholt war. Er war so an die Dunkelheit gewohnt, dass selbst das geringe Licht der Fackel ihn blendete. „Heute wirste dich waschen und was anziehen, das nicht muffelt wie Schweinedreck, haste verstanden?" Wallace traute seinen Ohren kaum. Hatte er richtig gehört? Oder war es am Ende doch nur eine andere, neue Methode, um ihm den letzten Nerv zu rauben? Vielleicht würden sie dem Ganzen jetzt doch ein Ende setzen, wie er es sich heimlich schon öfters gewünscht hatte. „Warum?", fragte Wallace instinktiv und biss sich aus Reue sofort auf die Zunge. „Wirste schon noch früh genug sehen. Jetzt zieh deine Lumpen aus und komm mit!" Ohne weiter darüber nachzudenken, gehorchte Wallace dem Befehl des Wächters und zog das, was von seinem Gewand mittlerweile übrig geblieben war aus. Ohne einem weiteren Wort kam der Wächter in die Zelle und legte ihm mit laut vernehmbarem Rasseln ein Paar Fußfesseln an. Mit einem Stoß, der Wallace vorwärts steigen ließ, bedeute er ihm loszugehen. Das erste Mal seitdem er hier war, sah er mehr als die gelegentlich durch das Licht einer Fackel eines Wärters schlecht ausgeleuchtete Zelle, in der er die gesamte Zeit verbracht hatte. Doch schnell stellte er fest, dass es nicht viel mehr zu sehen gab, abgesehen von dem Gang, auf dem sie sich gerade bewegten. Vereinzelt hörte man das Tropfen von Wasser, welches gemeinsam mit dem Schall ihrer Schritte mehrmals nachhallte. Davon abgesehen gab es nicht viel wahrzunehmen. Nach gefühlten wenigen Minuten kam er langsamen Schrittes vor einer Tür zum Stehen. Der Wärter drängte sich grob an ihm vorbei und spielte geräuschvoll an seinem am Gürtel befestigten Schlüsselbund herum. Kurz darauf schloss er die Tür auf und grunzte Wallace zu, dass er gefälligst stehen bleiben solle, bis er wieder hier wäre. Kurze Zeit später tauchte er mit einer weiteren Person wieder auf, wobei nun einer vor ihm und einer hinter ihm stand. Wallace war nervös, als sie eine

sich scheinbar noch oben windende Treppe hinauf-
stiegen. Er wusste nicht, was weiter oben auf ihn
warten würde. Diese Ungewissheit machte ihm Sorgen, doch es hätte ihm wohl nichts gebracht nachzu-
fragen. Schwermütig ließ er sich einfach weiter nach
oben führen, schlussendlich hatte er tatsächlich irgendwie aufgegeben. Wallace merkte, dass es heller
wurde, je weiter sie nach oben gingen und schon
bald musste er seine Augen immer mehr zusammenkneifen, bis er sie beinahe ganz geschlossen hatte.
Das Tageslicht, welches sie beinahe erreicht hatten,
verbrannte gefühlsmäßig seine gesamte Sehkraft und
er musste sich bemühen, nicht allzu sehr zu tränen,
wobei ihm trotzdem eine Träne entwischte und über
seine mageren Wangenknochen floss. Kurz darauf
dürften sie wohl bereits angekommen sein, denn jemand packte ihn an seinem Arm und zog ihn hinter
sich her. Mit noch immer geschlossenen Augen versuchte er bloß nur nicht durch seine Fußfesseln zu
stolpern, während er doch viel zu schnell gezogen
wurde. Mit einem Ruck fiel er vorwärts und rollte
auf etwas, dass sich für ihn nach staubigem Erdboden anfühlte. Jemand nahm ihm die Fußfesseln ab.
Was würden sie bloß mit ihm anstellen? Würden sie
ihn nun schlussendlich doch Hinrichten, so wie er es
erwartet hatte? Weshalb sonst würden sie ihn nach
draußen bringen, wenn nicht deshalb.

„Steh auf, na komm schon", sagte eine grobe Stimme zu ihm. Er versuchte durch Blinzeln eher wieder
etwas sehen zu können, doch es fiel ihm zu schwer.
Viel zu lange war er in der Finsternis gewesen, dachte er sich. Dann stemmte er sich mit beiden Armen

hoch und stand langsam auf, noch immer komplett entblößt. Früher einmal, da hätte ihn das vermutlich gestört. Doch in Anbetracht der Umstände gab es eigentlich nicht viele Dinge, die ihn noch wirklich störten. Er lauschte und kämpfte noch immer gegen das Licht. Schemenhafte Umrisse konnte er erkennen. Vermutlich hielt er sich auf einem Platz auf, umringt von anderen Gebäuden – zumindest den Schatten nach zu urteilen, nahm Wallace das an. Für ihn war es nur schwer zu erkennen. Von einem Moment auf den anderen kam eine Flut von eiskaltem Wasser über ihn, die ihn hörbar wimmernd ließ. Er hörte verschiedene Personen auflachen. „Du weißt doch, wie man sich wäscht, oder nicht?" Wieder lachen. Mit seinen Handinnenflächen rubbelte er sich an den Stellen, wo er den meisten Dreck vermutete. Rund um ihn befand sich eine kalte Dreckspfütze von dem Wasser, dass auf ihn geschüttet worden war. Kurz darauf kam ein zweiter Schwall an Wasser, der ihn zwar nun nicht mehr wimmern ließ, aber doch zusammenzucken. Zitternd machte er weiter. War das alles, was sie mit ihm machen würden? Ihn mit kalten Wasser übergießen? Nun konnte er allmählich halbwegs gut erkennen, wo er sich befand. Tatsächlich war er in einem Innenhof eines wohl größeren Gebäudes. Wirklich zu bewegen traute er sich nicht, doch im Augenwinkel konnte er sehen, dass ein paar wenige Wachleute sich gemeinsam mit ihm in diesem Innenhof aufhielten. Nachdem er seiner eigenen Meinung nach sauber genug war oder zumindest hoffte er es zu sein, richtete er sich gerade auf aber mit dem Blick auf den Boden vor sich. Mit seinen Zehen spielte er leicht im matschigen Untergrund, auf dem er sich befand. „Komm hier her." Der Befehl kam von hinten. Allmählich kam er sich vor, als wäre er der einzige Mensch weit und breit, der kein Wachmann war. Besagter Mann führte ihn kurzerhand zu einer Sitzgelegenheit neben der sich, vermutlich frische, Kleidung befand. „Zieh das an. Sobald du fertig bist, kommst du mit mir." Wieso auch immer war er von Anfang an nicht in der Lage gewesen die Wachleute zu unterscheiden, doch die Stimme kam ihm halbwegs angenehm bekannt vor. Trotzdem hütete er sich davor jemanden in das Gesicht zu blicken. Die Kleidung bestand aus einem Leinenhemd, einer schlichten Wollhose und einem Paar Schuhe, die denen entsprachen, mit denen er gefangengenommen wurde. Mit gerunzelter Stirn schlüpfte er in die Gewandung. Je länger sie dieses Spiel spielten, dachte er, desto schlimmer würde wohl das Ende ausfallen. Vielleicht war er auch einfach nur verrückt geworden und bildete sich jetzt ein, wieder über der Erdoberfläche zu sein, um das triste Kerkerleben zu verdrängen. Das erschien im wahrscheinlicher. Immerhin könnte er gerade in seiner Zelle sein, vielleicht geplagt von einer Krankheit und sein Körper versucht seinen Geist zu schützen, indem er ihn sich vorstellen lässt, wie es wäre, wenn er ein letztes Mal die Welt draußen sehen dürfte. Sei's drum, was macht es letztlich für einen Unterschied, dachte er. Also stand er auf und ging zu der Wache, die ihm vorher so geheißen hatte. „Folge mir. Und sprich nicht", sagte der Mann. Wallace gehorchte. Der Wachmann hatte ihn durch mehrere Gänge innerhalb des Gebäudes herumgeführt und ihn schließlich in einen Raum gebracht, in dem er ihn befahl zu warten. Wallace hatte sich auf einen Stuhl gesetzt, der vor einem Sekretär stand. Normalerweise hätte er das Zimmer als zu dunkel empfunden, trotz des Fensters, welches sich ihm gegenüber befand. Doch angesichts dessen, dass er seine Augen das erste Mal wieder richtig verwenden konnte, empfand er es als ziemlich angenehm. Auf dem Tisch vor sich befand sich eine einzelne, kleine Wachskerze, deren Flamme ein wenig züngelte. Seiner Einschätzung nach war es schon etwas später am Tag, daher auch die Dunkelheit im Zimmer. Ringsum befanden sich Wandregale, die bis nach oben voller Bücher waren, wobei er davon ausging, dass nicht alle davon zum Lesen, sondern einige auch zum Hineinschreiben gedacht waren. Mehr als einen weiteren Stuhl, auf der anderen Seite des Tisches, konnte er nicht ausmachen. Mit einem Blick aus dem Fenster sah er, dass ein Baum, der in nicht allzu weiter Entfernung sein Leben fristete, Blüten trug. Wie lange war er eingesperrt gewesen? Zumindest den Winter über schien er es gewesen zu sein. Der Gedanke daran ließ ihn sich etwas kränker fühlen. Für ihn hatte es sich niemals so lange angefühlt. Wie es wohl Linda ging? „Hallo, Wallace", sagte eine ihm bekannte Stimme. Sie war tief und sanft, war das etwa ...? Er war starr vor Angst. „Du brauchst dich nicht zu fürchten. Hätte ich dir tatsächlich etwas zufügen wollen, hätte ich es schon vor langer Zeit tun können", sagte er und Wallace spürte eine Hand auf seiner Schulter. „Da ich mich dir schon in meiner wahren Form offenbart habe, muss ich mich zum Glück nicht verstecken. Sieh es als Kompliment an." Wallace sah ihn neben sich vorbei gehen und ihm gegenüber Platz nehmen. Meeresblaue, mandelförmige

Augen blickten ihm entgegen. „Ihr … Ihr seid …",
fing Wallace an zu stammeln, nicht unbedingt nur
aus Angst, sondern auch aus Überraschung. „Graf
Balimor von Krähenhain", er deutete eine leicht spöt-
tische Verbeugung an. „Aber du musst mich beileibe
nicht so nennen. Nenne mich einfach nur Balimor."
Wallace wollte etwas entgegnen, doch sein Mund
war so wie er zu erstarrt, um sich zu bewegen. Der
Mann aus seinen Träumen, wie … „Nicht irgendwelche Träume, Wallace. Visionen", sagte Balimor mit
einem gewitzten Lächeln auf den Lippen. „Beruhige
dich. Wie gesagt, ich werde dir nichts tun." Er stand
auf und ging zu einem der Regale. „Du fragst dich
schon so lange, wo du bist und warum du hier bist.
Gerne werde ich dir diese Fragen beantworten. Aber
zuerst will ich, dass du rätst." Wallace blickte auf Balimors Rücken, während dieser ein bestimmtes Buch
zu suchen schien, da er mit seinem Finger über ver-
schiedenste Buchrücken fuhr, als würde er jeden einzelnen durchgehen. „Ich befinde mich in Lovdien",
antwortete Wallace prompt. „Jaja, ich meine genauer", erwiderte der Graf schnell und winkte die Antwort ab, ohne seine Suche zu unterbrechen. „Krähenhain", versuchte er als nächstes. „So einfach hättest
du es wohl gerne", lachte der andere. Wallace überlegte weiter, doch wie sollte er denn darauf kommen? Wirklich viel Ahnung hatte er wohl nicht,
wenn es um die Geographie von Lovdien ging. Beinahe vergaß er, dass er vorher noch erstarrt gewesen
war. Nach einer Weile antwortete er: „Ich weiß es
nicht." Gerade kam der Graf wieder mit einem Buch
zurück und sah dabei auf den Einband. Wallace hatte
ihn bei weitem älter aussehend in Erinnerung gehabt.

„Natürlich tust du das nicht. Du befindest dich in Seeburg, welches in der Mitte des Mehrensees liegt", er hielt kurz inne, als würde er auf eine Reaktion von Wallace warten, doch dieser blickte gebannt in seine Augen und wartete. „Und du bist hier, weil ich es wollte. Weil ich es für richtig erachte, dass du es bist. Verstehst du, was ich dir sage?" Woher sollte er wissen, ob er verstand oder nicht, dachte er sich, wenn er sich nicht einmal sicher war, ob er es wirklich erlebte, oder nicht. Was hatte Balimor für einen Grund, das zu machen? Was hatte er ihm getan? „Du hast mir natürlich nichts getan. Wenn du noch immer glaubst, dass ich dir etwas Schlechtes will, dann bist du bei weitem nicht so helle, wie ich es anfangs gedacht habe. Vertrau mir, wenn ich dir sage, dass das alles zu deinem Besten passiert. Du wirst sehen", antwortete Balimor wieder ohne, dass Wallace ein Wort gesagt hatte. Woher kannte er seine Gedanken? Konnte er in die Köpfe anderer Menschen eindringen? Ein leichtes Gefühl von Ehrverletzung überkam Wallace. Die Zeit hatte wohl seinem Selbstvertrauen einen Knacks verpasst. Doch trotzdem hatten die Worte von seinem anscheinenden Entführer eine beruhigende Wirkung auf ihn. „Normalerweise sperren Leute die einem nichts Böses wollen jemanden nicht für Monate in ein dunkles Loch", erwiderte Wallace mit einem zynischen Ton in der Stimme. Zu Wallace Verwunderung lachte sein Gegenüber über diese Aussage. „Da hast du wohl recht. Du wirst noch früh genug verstehen", meinte dieser und blätterte in dem Buch, welches er sich geholt hatte. Wallace sah ihm einfach nur dabei zu und wartete darauf, dass etwas passierte. Normalerweise wäre ihm diese Situation mehr als unangenehm gewesen, doch irgendwie fühlte er sich abgestumpft, als könnte er nur noch sehr wenig empfinden. Für ihn klang es nach einer plausiblen Erklärung, weshalb er nicht so reagierte, wie er es sich erwartet hätte. Balimor schien plötzlich gefunden zu haben, was er gesucht hatte und blickte erfreut auf. „Hier", sagte er und drehte das Buch so, dass Wallace, nachdem er näher gerückt war, darin lesen konnte. „Schon den alten Adelsgeschlechtern wurden Fähigkeiten zugeschrieben, die das allgemeine Volk nur mit den Worten ‚Magie' und ‚Übernatürlich' beschreiben konnten. Nun könnte man die Gaben des Adels durchaus mit diesen Worten beschreiben, doch wäre es nicht korrekt. Vielmehr ist es eine Frage der Disziplin, der kognitiven Leistung und allem voraus der Abstammung. Die Thematik ist groß und schwierig zu erfassen, doch gibt es viele Hinweise auf eben diese Fähigkeiten. Ob sie die Fähigkeiten erlangten, als sie in den Adel eintraten, oder sie doch überhaupt erst durch diese an die Herrschaft gelangten, ist wohl eine Frage, die vorerst offen zu bleiben scheint. Unterschiede gibt es vermutlich insofern, dass nicht jede Familie dieselben Fähigkeiten zu haben scheint, denn ...", da legte Balimor seine Hand auf die Buchseite, in der Wallace gerade las. „Ich denke, das reicht erst mal", sagte der Graf mit einem verschmitzten Lächeln und zog das Buch von ihm weg und ließ es stilvoll zusammenklappen. Wallace hatte einen Anflug von Verwirrung. Ihm war, als hätte er diese Textpassage schon zuvor gelesen. Als er gerade fragen wollte, warum er diesen Text hatte lesen sollen, da kam auch schon die Antwort. „Weißt du, von Halen hat nicht unrecht. Mit Magie hat das alles nichts zu tun. Und er wäre wohl erfreut herauszufinden, dass es in der Tat die Fähigkeiten waren, die dem Adel überhaupt erst die Macht verliehen. Natürlich ist das der Grund, warum ich dir das gezeigt habe. Du sollst verstehen. Das alles hier", er machte eine ausschweifende Bewegung, „findet seinen Ursprung in der Tatsache, dass wir mehr können, als andere. Auch in die Gedanken anderer Wesen zu blicken gehört dazu." Wallace glaubte zu verstehen. „Du warst also wirklich in meinem Trau… ich meine Vision, richtig?" „Vision, Traumreise, einerlei – und sozusagen, tatsächlich, ja", sprach Balimor langsam und wirkte abwesend. Nach einer kurzen Pause fing er merkwürdig betonend an zu sagen, „Ich bin der Grund dafür, dass du hier bist." Wallace schnaubte verächtlich und erwiderte: „Ja, das weiß ich schon, deine Wachen haben mich-" „Nein, du verstehst es immer noch nicht!", unterbrach ihn Balimor, kombiniert mit einem Faustschlag auf den Tisch. „Ich habe dich nach Lovdien gebracht. Meinetwegen konntest du den unendlichen Wald – die Wildnis – durchqueren. Ohne mich wärst du nie hierhergekommen und du wärst nach wie vor unbedeutend. Jedoch messe ich dir eine Bedeutung bei." Wallace traf es wie einen Schlag. Er erinnerte sich daran, wie er in die Wildnis gegangen war und sich … anders fühlte. Irgendetwas hatte ihn förmlich tiefer in den Wald gesogen, unaufhaltsam. Je mehr er sich erinnern konnte, desto eher hatte er das Gefühl damals immer mehr die Kontrolle verloren zu haben. Was wollte er damals denn überhaupt im Wald? Jagen, vermutlich? Hungrig war er doch immer gewesen. Könnte seine Durchquerung der Wildnis tatsächlich etwas mit Balimor zu tun haben? Woher sollte dieser sonst davon wissen? Dann war da noch dieser Kerl, der ihn wiedererkannt hatte. Ihm wurde schwindlig und er fühlte sich, als würde er im Sitzen zusammenbrechen. Seine Nerven hatten sich wohl nicht gestärkt, nach all den Strapazen. Er versuchte sich zusammenzuraffen. „Wieso hättest du das tun sollen?" Die mandelförmigen Augen waren starr auf ihn gerichtet. „Endlich fängst du an, die interessanten Fragen zu stellen. Weil auch du, mein lieber Wallace, Fähigkeiten besitzt. Ich weiß es. Denn wäre dem nicht so, wärst du nicht meinem Ruf gefolgt, wenn auch nicht bewusst. Auch wenn deine Fähigkeiten sich von meinen unterscheiden, will ich sehen, wie weit wir sie ausprägen können." „Aber würde das nicht heißen, dass ich ... adeligen Blutes bin?" „Ehrlich, das ist das, was du dich fragst?", Balimor kicherte. „Ja, das heißt es vermutlich. Aber die Tatsache hilft dir nur in Verbindung mit Können." Wallace brachte kein Wort mehr aus sich heraus. Mit einem Lächeln sagte Balimor nach einiger Zeit des Schweigens: „Natürlich liegt es in meinem eigenen Interesse, dass du dein Können für mich einsetzt. Deshalb bist du auch hier. Die Umstände, in denen du die letzten Monate verbracht hast, waren notwendig, um dich zu strapazieren. Du wirst sehen", er ging von seinem Platz zu der Tür des Zimmers. „Ab sofort schläfst du in einem normalen Zimmer, unweit von diesem. Dort sind auch deine persönlichen Gegenstände." Der Graf deutete ihm zu folgen, doch hielt er noch einen kurzen Moment inne und sagte: „Ach und übrigens: Deine ... Linda. Vergiss sie."

Der Raum war ausgestattet mit einem komfortabel aussehenden Bett, welches sich gegenüber des Eingangs befand und einem Tisch, auf dem Schreibutensilien bereitgestellt waren, mit einem schlichten Stuhl, der fast komplett darunter gerückt worden war. Auf diesem hatte Wallace auch seine Sachen gefunden und sofort seine Handschuhe angezogen. Doch er musste schnell bemerken, dass er einiges an Kraft verloren hatte und sich seine Muskeln wohl erst wieder soweit regenerieren mussten, dass er sie andauernd tragen könnte. Durch das Fenster, welches eigentlich eher einer großen Luke ähnelte, schien etwas Mondlicht auf das Fußende des Bettes, in dem Wallace nun lag. Wie hätte er schlafen sollen, war er doch verwirrter, als er es zuvor je gewesen war. Er ließ alles Revue passieren, was geschehen war. Immer und immer wieder. Vor sich sah er sein Zuhause, welches er nie wirklich gemocht hatte, sah, wie er damals genug davon hatte dort zu sein und davonging. Erinnerte sich, wie oft er sich selbst angelogen hatte. Der Waldrand bei Weißfluss, der ihm das Überleben gesichert hatte. Dann sah er sie vor sich, Linda. Im Nachhinein fühlte es sich so an, als wäre sie ein Leuchtturm gewesen und er das Schiff, das sich von ihr leiten ließ. Doch plötzlich war die Leuchte aus gewesen und er trieb nun einsam im dunklen Wasser, orientierungslos. Wo sie wohl gerade war? Doch er sollte sie doch vergessen. War Balimor im weiteren Sinne nun seine Rettung? Ohne seinem Eingreifen würde Wallace vermutlich noch immer ohne weiterem im Walde von Weißfluss sein Unwesen treiben, in Wirklichkeit heimatlos. Würde er, Balimor, ihm nun doch einen Sinn geben? „Adeliges

Blut!", schnaubte Wallace, drehte sich auf die Seite und schloss seine Augen. Schon bald hob und senkte sich seine Brust nur noch langsam.

Kapitel 5 – Seeburg

Wallace durfte sich am ersten Tage seines Verbleibens oberhalb der Erde einer angenehmen Mahlzeit und einem Aufenthalt im Freien erfreuen. Auch wenn er die Sonne bereits wieder gewohnt war, schmerzten ihm doch noch die Augen, wenn er sich zu lange im Licht aufhielt. Es war ein schöner, sonniger Tag und er saß gemütlich auf einer kunstvoll verzierten Steinbank. In der Ferne konnte man das Singen der Vögel deutlich hören. Zwar genoss Wallace das, doch fing er an sich zu langweilen und, gerade als er darüber nachdachte, ob er wohl in die hauseigene Bibliothek, an der er auf dem Weg nach draußen vorbeigekommen war, gehen durfte, sah er Balimor auf ihn zugehen. „Du siehst erholt aus", merkte dieser freundlich an, als er zu ihm kam. Tatsächlich, Wallace hatte nur einen Tag in einem normalen Zimmer verbracht und fühlte sich bei weitem weniger elendig, als er es die letzte Zeit über getan hatte. Er hätte es merkwürdig finden sollen, dachte er sich, dass er sich in der Gegenwart dieses Mannes nicht unwohl fühlte, immerhin hatte er ihn zuerst nach Loviden gebracht und dann auch noch eine lange Zeit gefangen gehalten, doch es störte ihn nicht. Balimor bat Wallace ihm zu folgen, was dieser auch tat. Viele Stufen später fand er sich auf dem höchsten Punkt des Schlosses von Seeburg mit einem Anflug von Erschöpfung wieder und konnte die gesamte Stadt überblicken. Wallace fühlte sich seines Atems beraubt und blickte umher. Man sah die Stadtmauern, dick und hoch, aus großen Steinen gebaut, die den großen Teil der Gebäude der Stadt umschloss. Die Wehrtürme in der Richtung des eher weit entfernten Hafens waren hoch und wirkten einschüchternd. Man konnte das Treiben der Leute beobachten, die in den Straßen und Gassen geschäftig zwischen den Häusern umherirrten. Das Schloss war der höchste Punkt der Stadt und umgeben von einem, wie Wallace von oben einschätzen konnte, wundervollen Garten, welcher wiederum selbst umgeben war von einer Mauer. Die Insel inmitten vom Mehrensee war größer als Wallace sie sich vorgestellt hatte. So konnte er zwar von seiner erhöhten Stellung aus, dank dem hervorragenden Wetter, ein großes Terrain überblicken, doch bei weitem nicht die gesamte Insel. „Ein genussvoller Anblick, nicht wahr?", fragte Balimor nach einer längeren Zeit des Schweigens. „Du kannst zu jeder Zeit hierherkommen", sagte er mit dem Blick auf Wallace gerichtet, „Du darfst das gesamte Gelände betreten, wie auch immer dir es beliebt. Nur darfst du es nicht verlassen." Wallace sah ihn etwas verdutzt an. Bis zu diesem Zeitpunkt hatte er gar nicht mehr darüber nachgedacht wegzugehen, was ihn im Nachhinein wundern ließ, was denn mit ihm los war. Fast war es so, als würde er sich zu wohlfühlen. „Das hört sich an, als wäre ich Gefangener zweiten Grades", sagte Wallace mit leichtem Witz in der Stimme. „Ich schütze dich vor dir selbst und vor der Welt da draußen", antwortete der Graf mit etwas ernsterer Stimme als zuvor, „Du wirst schon noch sehen." Nach einer Weile des Beobachtens der Welt unter ihnen meinte Balimor zu ihm, dass er noch einiges zu tun hätte und er Wallace erst am nächsten Tage wieder aufsuchen würde. So stand er noch einige Zeit allein auf dem Turm des erhabenen Anwesens und überblickte die Weiten. Der Ausblick hatte es ihm einfach angetan. All die schönen Gebäude, vom Hafen mit seinem Leuchtturm zu den Anwesen der, wie Wallace vermutete, reichen Handelsleute. Ihm gefiel, was er sah. Ein kühler Wind säuselte leicht um sein mittlerweile sehr langes Haar und er erschauderte für einen Moment. Wie er sich umsah, bemerkte er, dass sich am Himmel hinter ihm riesige, dunkle Wolken auftaten. Beim Anblick dieser entschloss er sich, die vielen unzähligen Stufen wieder hinabzusteigen und den Rest des Tages im Inneren zu verbringen. Bei einem starken Sturm draußen zu sein war ihm noch nie wirklich lieb gewesen.

„… und was, wenn doch? Was wollen wir dann machen?", sagte Linda zu einer Person, die Wallace nicht zu erkennen vermochte. Vereinzelte Blitze und dazu verzögertes Donnergrollen untermalten das Prasseln, welches man von draußen vernehmen konnte. „Dann müssen wir trotzdem herausfinden, was mit ihm geschehen ist. Um sicher zu sein", antwortete eine Stimme, die weder klar männlich, noch weiblich war. „Ich meine … war er nicht unsere einzige Chance?" „Es ist kein Problem, wenn es ihm nicht gut geht. Doch zumindest sollte er noch leben." Wallace hatte die ganze Zeit stillgehalten ohne es mitzubekommen. Mit wem sprach Linda da? „Moment mal!", flüsterte Wallace mehr in Gedanken als tatsächlich. Irgendetwas stimmte nicht. War er wirklich hier, oder …

„Ah!", schrie Wallace und fiel mit einem lauten Krach aus seinem Bett auf den kalten Steinboden. Ihm stand der Schweiß auf der Stirn und er atmete schnell. Ihm war, als wäre er gerade aus dem Himmel gefallen. Niemals konnte es ein einfacher Traum gewesen sein. Es hatte sich so sehr angefühlt wie damals, als er mit Linda in den Nebelsümpfen auf den Altar gestoßen war und auch das war nicht das erste Mal, dass er sich so gefühlt hatte. Er war sich nun sicher, dass es diese, wenn man es denn so bezeichnen möge, Fähigkeit ist, wegen der ihn Balimor hier hatte. Nur nachdem er diesen Gedanken gefasst hatte, fiel ihm auf, dass es Linda also gut ging! Er hatte sie gehört und gesehen. Doch mit wem hatte sie gesprochen? Über wen hatte sie gesprochen? Sein Verlangen sie nochmal sehen zu können, war nie größer gewesen. Erst jetzt fiel ihm wieder auf, wie sehr er sie doch vermisste. War es nicht Balimor gewesen, der ihm sagte, er solle sie vergessen? Ein Blitz erhellte seinen Raum für mehr als eine Sekunde, gefolgt von einem ohrenbetäubenden Donner, welcher ihn durch den Schreck aus dem Gedanken riss. Mit einem Blick in Richtung Fenster bemerkte er, dass es wohl noch mitten in der Nacht sein musste. Nach herzhaftem Gähnen wuchtete er sich auf, klopfte sein dreckiges und mittlerweile genauso kaltes Hinterteil ab und legte sich wieder in das Bett.

Wallace hatte die Vermutung, dass er allmählich verrückt wurde. Was war nun Realität, was war Fiktion? War er tatsächlich in der Nacht aufgewacht oder war das alles Teil eines Traumes, denn er schleunigst wieder vergessen sollte? Die Fragen mehrten sich in seinem Kopf. Er war sich sicher, dass es nur eine Person gab, die auf diese Fragen eine Antwort hätte haben können. So suchte er ebendiese Person auf.

Balimor saß an seinem Tisch und kramte in einer Schublade, als Wallace an der Tür geklopft hatte und eingetreten war. Der Graf grüßte ihn mit einem: „Guten Morgen. Ich dachte mir schon, dass du kommen wirst.", wobei er ihn nur eines kurzen Blickes würdigte. Wallace versuchte erst gar nicht über diese Bemerkung nachzudenken und setzte sich auf den Sessel, der dem Tisch gegenüberstand. Die Wolken von gestern waren bereits verzogen, soweit Wallace dies von dem Fenster im Zimmer des Grafen aus zu beurteilen vermochte. „Ich war mir sicher, dass du diese Nacht deine Fähigkeiten einsetzen wirst", sagte Balimor mit einem Schmunzeln, als er anscheinend endlich gefunden hatte, wonach er gesucht hatte. Wallace versuchte erst gar nicht mehr darüber nachzudenken, dass Balimor anscheinend alles wusste. Er war der Ansicht, dass es keinen Sinn hatte, sich darüber Gedanken zu machen. „Habe ich das?", fragte Wallace mit einer gerunzelten Stirn. Noch immer fühlte es sich für ihn nicht real an. „So wahr ich hier sitze", antworte der Graf darauf. „Genau das habe ich auch gewollt. An was erinnerst du dich?" So erzählte Wallace ihm das bisschen, an das er sich erinnern konnte. „Interessant. Denkst du, ich habe dir grundlos dazu geraten, dir nicht weiter über Linda den Kopf zu zerbrechen?", fragte Balimor in einer unheimlichen Art. „Du wirst schon einen Grund haben, aber ich mochte – nein, ich mag sie", antwortete

Wallace energisch. Schlagartig fühlte sich die Stimmung im Raum nicht mehr entspannt an. Wallace fühlte sich unbehaglich. Balimor stand auf und drehte ihm den Rücken zu. „Linda ist nicht, wer sie vorgibt zu sein. Es ist ein Fehler deinerseits zu denken, dass du ihr etwas bedeutest." Wallace protestierte: „Was soll das heißen? Sie hat mir doch geholfen! Nicht sie war es, die mich eingesperrt ..." „Ich beschütze dich vor ihr!", schrie Balimor und schlug mit einer schwungvollen Bewegung auf den Tisch, sodass dieser erschütterte. „Muss ich es dir denn noch deutlicher machen?", fügte er hinzu, als er den ungläubigen Ausdruck auf Wallace Gesicht betrachtete. „Es gibt mehr Dinge, die du nicht verstehst, als du dir vorstellen kannst", sagte Balimor ernüchtert. „Aber gut. Linda ist die Tochter einer der ehemaligen Konkubinen meines Vaters. Er hatte ihrer Mutter die Hoffnungen gemacht, sie würde seine Frau werden", erläuterte er mit einer genervten Stimme. Mit einem kurzen Blick zu Wallace fuhr er fort: „Wie es das Schicksal so will, hatte er das dann nicht getan, sondern sie verstoßen. Du kannst dir vorstellen, welche Wut das ausgelöst haben muss." „Was hat das mit Linda zu tun?", fragte Wallace, nun schon selbst fast wütend. „Ich habe langsam das Gefühl, dass du tatsächlich keine Zusammenhänge erkennen kannst, Wallace", sagte der Balimor kopfschüttelnd, „Linda ist meine Halbschwester." Wallace riss die Augen auf und war wie erstarrt. Das letzte, an das er gedacht hätte, wäre, dass Balimor, der Graf von Krähenhain und Linda, die Schankwirtin, die er so mochte, Geschwister waren. Balimor fuhr nach kurzer Zeit des Schweigens fort: „Und jedes bisschen Rache an meinem Vater, welche ihre Mutter so unbedingt wollte, hat Linda in sich aufgenommen und gemehrt. Wohl bemerkte sie vermutlich deine Fähigkeit und ergriff die Chance, sie für sich benutzen zu können, um jeden zu finden, den sie finden wollte." Doch Wallace wollte ihm nicht glauben und sprang aus seinem Stuhl auf. „Du hast mich erst hierher gebracht, wieso hast du mich nicht gleich gefangen genommen, wenn das so ein Problem ist?", schrie er sein Gegenüber an, welches gelassen reagierte. „Auch meine Fähigkeiten sind begrenzt. Es dauerte unter anderem dank Linda einige Zeit, bis ich dich schlussendlich zu mir bringen lassen konnte. Du musst verstehen Wallace, sie will nur persönliche Rache üben. Ich hingegen ... ich bin für die Sicherung der äußeren Lande und allen ihren Bewohnern beauftragt. Nur durch meine Hand können die meisten Bürger hier ein friedliches Leben führen. Welche ist die bessere Tat, frage ich dich? Die einer selbstgefälligen Rächerin oder die eines Beschützers?" Wallace setzte sich und richtete den Blick auf den Boden. Wenn das, was ihm Balimor erzählte der Wahrheit entsprach, dann hatte Linda ihm die ganze Zeit über ihre Motive verschwiegen. Dabei war er sich sicher gewesen, dass sie sich auf einer sehr vertrauten Ebene begegnet waren. Immerhin hatte auch er ihr seine Geschichte offengelegt und trotzdem hätte sie ihn angelogen? Im Nachhinein ... er hatte sich schon gedacht, dass es unlogisch war, dass sie sich so unbedingt angeboten hatte ihn zu führen, ihm zu helfen. Er stellte sie sich vor seinem geistigen Auge vor und sah ihr in das Gesicht. Waren das die Augen einer egoistischen Rächerin oder die einer Freundin? „Die des Beschützer", murmelte Wallace, mit seinem Kinn nachdenklich in seiner Brust vergraben. „Natürlich die des Beschützers", sagte Balimor in einem ehrlich mitleidigen Ton. „Ich weiß, dass das alles nicht einfach für dich ist, Wallace. Doch ich brauche dich für das Wohl des Landes – nichts liegt mir mehr am Herzen. Es tut mir leid dich in diese Situation gebracht zu haben." Wallace versuchte schon die ganze Zeit einen Grund zu finden auf Balimor wütend zu sein und die Sache mit Linda abzustreiten, doch er konnte nicht. Auch wenn er nie wieder nach Weißfluss zurückkehren würde, wenn er Linda vergessen müsste, seine Vergangenheit hinter sich lassen. Er war hier, in diesem Moment und er war sich nicht sicher, wie er sich fühlen sollte. Entscheiden konnte er sich damals nicht, ob er überhaupt hier hin wollte. Obwohl er wohl doch zum Teil bewusst dem geistigen Ruf einer fernen Stimme in die Tiefe des Waldes gefolgt war, andererseits fühlte es sich an wie eine Ohnmacht, der er anheimgefallen gewesen war. Doch, wenn er tatsächlich Fähigkeiten hatte, dann ist es nur die logische Konsequenz, sie für das Wohl von einer Gruppe einzusetzen. „Ich verstehe, Balimor. Ich denke, ich verstehe."

„Es ist wichtig, dass du die Grundlagen verstehen lernst", sagte Balimor, während er aus einem verstaubtem Regal eine kleine polierte Steinplatte herausholte. Sie befanden sich in einem Raum, welcher einige Stufen unter dem Turm lag. „Nicht viel ist über die tatsächliche Beschaffenheit der Künste des adeligen Blutes bekannt. Vermutungen, Annahmen – ja. Aber keine Beweise", fuhr er fort und kramte dabei mit dem Rücken zu Wallace gedreht in verschiedenen Schriftrollen herum. „Hier, halt das bitte kurz", unterbrach der Graf seinen begonnenen Satz. „Danke. Hier haben wir also Rituale und Vorgaben, die helfen sollen die Fähigkeiten zu unterstützen." Er deutete dabei auf eine Stelle in einer langen Rolle hin und zog dann eine Kerze näher heran, um die Stelle besser zu beleuchten. „Wenn du mich fragst, sind das alles bloß willkürliche Dinge, die sich jemand ausgedacht hat. Aber was nicht schadet, kann ja helfen." Hätte Wallace es nicht besser gewusst, dann war der Graf an diesem Tage in sehr guter Stimmung gewesen. Außerdem hatte er heute zusätzlich zu seiner sonst sehr schlichten Aufmachung einen blauen Satinumhang übergeworfen, was Wallace als merkwürdiges Verhalten auffasste. Doch ein tatsächliches Gefühl der Überraschung hatte er so oder so schon lange nicht mehr empfunden. Er achtete weiterhin darauf, aufmerksam zuzuhören, was man ihm erzählte. „Laut diversen Schriften ist es nämlich notwendig diese Riten durchzuführen, denn ohne diese würde es niemals funktionieren. Du hingegen hast es getan." Den letzten Satz hatte er mit einer beinahe kindlichen Begeisterung von sich gegeben. Gerade als er wohl weitersprechen wollte – er unterbrach sich des Öfteren selbst dabei, weil er nach etwas suchte – wurde das schwere Metallschloss der massiven Tür betätigt, die in den Raum führte, in dem sie sich befanden. „Graf Balimor! Eine als dringlich gekennzeichnete Nachricht ist eingetroffen", sagte ein geschafft wirkender Mann mit dem Wappenrock von Krähenhain. „Ich danke Euch. Ihr dürft gehen", erwiderte Balimor gelassen. Der mutmaßliche Bote verneigte sich und verschwand wieder hinter der Türe, die er schleunig zuzog. „Ich schätze, die Sache eilt. Bleib solang hier und sieh dir gerne die Rituale an", meinte Balimor zu seinem Schüler, welcher dieser gerade erst geworden war, und verschwand ebenfalls hinter der dunklen Eichentür. Wallace fühlte sich etwas verwirrt und zurückgelassen, doch verdrängte dieses Gefühl und ging einen Schritt auf die durcheinanderliegenden Schriftrollen zu, wovon eine noch immer aufgeschlagen war. „Um Orte zu bereisen, an denen man noch nie war, oder auch nie sein wird – im körperlichen Sinne – ist eine gewisse Neigung zu Traumreisen notwendig. Auch wenn es eine seltene Form der Ausprägung ist, gibt es doch einige, die diese Fähigkeit beherrschen. Der Erfahrung einiger dieser nach, ist es wichtig, dass eine Person vor Ort ist, mit der man eine Verbindung hat. Die Sprache ist hier von einer Verbindung im Sinne der Fähigkeit. Mit viel Übung soll gar nicht mehr notwendig sein, als das. Doch um die Fähigkeit zu stärken und voranzubringen, hat es sich etabliert und bewährt, einige Riten hinzuzuziehen, die über Jahrhunderte weitergegeben wurden." Wallace machte bei diesem Absatz halt. Auf ihn wirkte das alles zwar sehr unglaubwürdig und teilweise hatte er das Gefühl nicht zu verstehen, was gemeint war, noch was sich Balimor davon versprach. Er zuckte mit den Schultern und suchte mit der Unterstützung seines Fingers nach einem Ritual. „Hier ...", murmelte er und fing an zu lesen. „Mit Kreide gezeichnet einen Kreis, mit den Samen des Lebensbaumes geschmückt, sitzend ein Teil der Seele entrückt. Wenn man seinen Geiste richtet auf die Umrandung um den Körper, so kann man sich konzentrieren auf den Geist, welcher entflieht." Wallace schüttelte den Kopf. Was sollte er mit solch albernen Riten bloß anfangen? Das war wahrscheinlich auch der Grund dafür, dass Balimor die Willkürlichkeit dieser schon am Anfang erwähnt hatte. Er entschloss sich dazu diese Tatsache vor seinem Lehrer – er fand den Gedanken noch immer witzig, Balimor so zu bezeichnen – zu bejahen. Anstatt weiterzulesen begutachtete er die verschiedenen beschrifteten Kisten, die in vereinzelten Regalen übereinander gelagert wurden. Neugieriger Weise horchte er, ob er Geräusche von der anderen Seite der Tür vernehmen würde. Nachdem er sich sicher war, dass niemand plötzlich hereinstürmen würde, ging er auf eines der Regale zu. Der Raum war zwar niedriger als alle anderen im Gebäude, doch trotzdem wäre er nicht ohne Hilfe einer Erhöhung an das oberste Regal gelangt und das, obwohl er sich sicher war, dass er von beachtlicher Größe war. Mit der Kerze bewaffnet, da der Raum durch die restliche Beleuchtung viel zu düster gewesen wäre, las er, mit einem Ohr in Richtung der Tür lauschend, die Beschriftungen ab. „Asselcuticula … Brennesselkraut …", sagte er leise vor sich hin und ging eine Kiste nach der anderen durch, bis er schlussendlich auf eine traf auf der stand: „Samen des Lignum Vitae", zwar war sich Wallace nicht sicher, doch er hätte darauf gewettet, dass es sich um dieselben Samen handelte, welche bei dem Ritual gebraucht würden. Von der Neugier gepackt nahm er die Kiste vorsichtig heraus und ließ sie, lauter als gewollt, auf den Boden fallen. Kurz horchend, ob denn jetzt jemand kommen würde, fasste er einen Plan. Auch wenn nicht mehr viele Kerne in der Kiste waren, soweit er das sehen konnte, nahm er sich ein halbes Dutzend heraus, packte sie ein und stellte dann zügig die Kiste zurück auf ihren Platz. Aufgeregt ging er zum Tisch zurück, wo er auch die Kerze wieder platzierte. Nun hatte er zwar die Kerne, doch sollte er es wirklich tun? Was sollte denn schon passieren, Balimor würde bestimmt lange genug weg sein. Außerdem wäre es doch sicher lobenswert, wenn er von selbst experimentiert. Sich selbst noch etwas Mut zusprechend nahm er etwas Kreidepulver von der Ablage vor sich in die eine Hand, die Schriftrolle mit den Anweisungen zum Ritual in die andere. Er atmete einmal tief ein und aus. „Mit der Kreide gezeichnet einen Kreis ...", sagte er und bückte sich um einen mehr oder weniger soliden Kreis um sich zu ziehen und fuhr dann fort, „mit den Samen des Lebensbaumes geschmückt ..." Natürlich war er sich nicht ganz sicher wie das gemeint war, doch er ging einfach davon aus, dass es reichen würde sie in einem zumindest annähernd gleichmäßigen Abstand um den Kreis herum zu verteilen. Also kramte er sie doch wieder heraus und tat ebendies. „Sitzend ein Teil der Seele entrückt ...", murmelte er und setzte sich im Schneidersitz in die Mitte des Kreises. Ihm wurde etwas flau im Magen. Was tat er da? Ganz sicher war er sich nicht. An Konsequenzen wollte er gerade keinen Gedanken verlieren. Ob er Linda wohl gleich sehen würde? Er hatte von Balimor all diese Dinge erfahren, deshalb versuchte er nun auch der Anweisung zu folgen, seinen Geist auf die Umrandung – den Kreis, vermutete er – zu konzentrieren. Das hörte sich für ihn leichter gesagt als getan an. Er legte die Rolle außerhalb des Kreises beiseite und schloss die Augen. Plötzlich fiel es ihm auf, wie still es doch die ganze Zeit gewesen war. Sein eigener Atem kam ihm dabei beinahe tosend vor. „Der Kreis ... der Kreis ...", dachte er sich immer wieder, um so eventuell fokussiert genug zu werden. Doch war in ihm noch immer ein wenig die Vermutung im Vordergrund, dass es sich dabei um Humbug handeln würde. Er stellte sich den Kreidekreis vor seinem geistigen Auge vor, wie er um ihn am Boden gezeichnet war. Sollte er etwas spüren? Woher sollte er wissen, wann es funktionierte? Oder war es der Geist, auf den er sich konzentrieren sollte? Er war sich schon gar nicht mehr sicher. Unsicherheit, so war er sich sicher, würde ihn nicht viel weiterhelfen. „Also, nochmal ...", sagte er und presste die Lippen mit einem leicht angestrengten Blick zusammen. „Der Geist, der entflieht, umrandet vom Kreis ... der Geist, der entflieht, umrandet vom Kreis ...", wiederholte er langsam immer wieder in seinem Kopf. Allmählich wurde ihm schwindelig, er war sich nicht sicher, ob es nun am Ritual oder an etwas anderem liegen könnte. Gerade als er kurz davor war aufzuhören, fing er an sich immer leichter zu fühlen. Fast wäre er der Panik anheimgefallen, doch er versuchte ruhig zu atmen, um seinen Puls wieder zu verlangsamen. Plötzlich konnte er das Rauschen von Wasser vernehmen. Der um ihn plötzlich veränderte Geruch erschrak ihn beinahe so sehr, dass er, hätte er sich nicht so sehr bemüht, seine Augen aufgerissen hätte. Funktionierte es also wirklich, das Ritual? Wieso war es so anders ... er konnte nichts sehen. Nur das Wasser hören und riechen ... erst jetzt fiel ihm auf, wie leicht er sich fühlte. Keinesfalls hatte dies Ähnlichkeiten mit seinen Träumen. Das hier fühlte sich bei weitem weniger real an. Nein, es fühlte sich gar nicht an. In seinen Träumen war es, als wäre alles tatsächlich passiert und nicht wie ein lebloses Schweben über einem unbekannten Ort. Schließlich konnte er hören, dass aus der Ferne Schritte kamen. Sofort schoss ihm das Adrenalin in das Blut. Was würde Balimor wohl mit ihm machen? Er müsste nur schnell die Augen öffnen, dann könnte er ... doch seine Augen öffneten sich nicht. Was war passiert? Was sollte er machen? Die Schritte waren bereits nah, sehr nah und Wallace fühlte sich von Panik überrollt. Er konnte nichts machen, um das Ritual zu beenden. Die Tür knarzte, als sie sich öffnete. Wallace wunderte sich, dass er sein Herz nicht in seiner Brust hämmern fühlte. Dann, die Zeit war für ihn wie stehengeblieben, hörte er, wie die Schritte nun ganz nah auf ihn zukamen. „Oh nein!", war das einzige, was Wallace noch denken konnte. „Der Käpt'n meinte, dass wir, sollte nicht noch einmal ein Sturm aufziehen, dann schon in ein paar Tagen da sein werden", sagte eine für Wallace unbekannte Stimme. Hätte er gekonnt, hätte er am liebsten vor Frust laut geschrien. Es war nicht Balimor und er war wohl mit seinem Gehör auch nicht in dessen Nähe. Etwas, das sich anhörte wie ein Holzstuhl, wurde über den Boden gerückt. Was machte er hier? Wie war er – oder eher sein Geist – hierher geraten? „Jeder Tag zählt", sagte eine weibliche aber raue Stimme. Wallace wartete gespannt darauf, dass etwas passierte. Doch auch nach Minuten wurden keine weiteren Sätze getauscht. So kam er darauf, dass er doch wohl eher versuchen sollte, nicht weiter hier festzusitzen. Wenn er doch nur die Schriftrolle gründlicher gelesen hätte, wäre er wohl nun nicht in dieser Situation. Immerhin wäre die Lösung des Problems bestimmt nur einige Zeilen weiter gestanden. Sei es drum, er würde einfach das Nächstbeste versuchen. „Wenn ich doch nur nicht immer so voreilig handeln würde ...", dachte Wallace, ein wenig von sich selbst enttäuscht und versuchte dann seine Gedanken in den Kreidekreis zu kanalisieren. Würde er sich bloß genug anstrengen, so war er sich sicher, müsste es funktionieren. Er versuchte nun umgekehrt seinen Geist wieder dorthin zu bringen, wo er eigentlich hingehören sollte. Wie er doch gerade anfing sich so zu fühlen, als würde er es hinbekommen, hörte er eine vertraute Stimme. „Ich werde mal an Deck gehen", sagte Linda. Sie zu hören verpasste ihm einen so riesigen Schreck, dass er augenblicklich die Augen aufriss. „Linda! ", entwich ihm aus seinem Mund, worauf er sich seine Hände auf selbigen schlug. Er hatte ganz vergessen, dass er sie ursprünglich sehen wollte. Kaum hatte er den ersten Schreck überstanden, sah er, mit seinem Blick nach oben wandernd, dass Balimor mit amüsierten Gesichtsausdruck vor ihm stand. Eine Augenbraue hatte er hochgezogen und er sah ihn an, als wüsste er alles. Vermutlich, dachte Wallace sich, lag das daran, dass er es auch tatsächlich wusste. „Ja, ganz genau", sagte Balimor in einer langsamen Art. Jedoch seinem Gesichtsausdruck nach schien sich sein Amüsement zu legen. „Deine Fähigkeiten sind stärker ausgeprägt, als ich es dachte. Viel ausgeprägter aber noch ist deine Dummheit." Den letzten Satz sagte er mit Wut in der Stimme. Wallace war sich nicht sicher was er sagen oder tun sollte. Also stand er auf, wobei er einen mehr als schuldigen Blick hatte. Er wusste, wie es für

den Grafen aussehen musste, doch er wollte nicht ...
oder war es, weil er unbewusst an sie dachte? „Du
weißt, dass du mich damit hintergehst? Wenn du
nicht zu mir stehst, dann stehst du auf ihrer Seite",
drohte Balimor nun. Er sah ihm tief in die Augen.
„Das heute", fing er in einem ruhigeren Ton an, „war
eine absichtliche Inszenierung, um zu sehen, was du
tun würdest." Danach schüttelte er den Kopf. „Und
genau das, was ich leider vermutete, ist passiert."
Wallace fühlte sich unglaublich schlecht. Zwar wusste er nicht woher diese Gefühle kamen, doch er wollte ihn nicht enttäuschen. „Balimor, ich wollte das
nicht. Ich ... ich habe lediglich versuchen wollen, ob
das Ritual funktioniert un...", da schnitt ihm sein
Lehrer das Wort im Satz ab. „Das weiß ich. Doch
lässt du dich zu sehr von unbewussten Gedanken beeinflussen." Er setzte sich auf einen Stuhl, welcher
sich neben der Ablage befand. „Du bist ein ziemli-
ches Naturtalent, wenn es um das Wandern in den
Träumen geht. Bislang konntest du es nicht steuern,
was sich jetzt wohl geändert zu haben scheint." „Ich
habe nichts gesehen, sondern nur gehört und gero-
chen." „Das kommt schon noch", meinte Balimor
prompt versichernd. „Ich konnte nicht wieder zurück, erst nachdem ich mich erschrocken habe",
schnellte es von Wallace zurück, was der Graf mit einem: „Das auch.", einfach abwimmelte. „Doch das
alles wirst du nicht alleine lernen können. Niemand
außer mir kann dir dabei helfen", dramatisierte der
Graf. „Wenn du meine Hilfe willst, dann musst du
auch lernen, meinen Regeln zu folgen." Wallace gefiel es, dass er diese neue Möglichkeit des Reisens für
sich entdecken würde. Warum sollte er auch nicht

nach den Regeln spielen? Was hätte er davon? „Ich will deine Hilfe", meinte Wallace bestimmt. „Das ist deine letzte Chance, Wallace."

Wallace verbrachte sehr viel Zeit damit in Büchern zu lesen, großteils um über die Vorgeschichte der Adeligen in Lovdien zu erfahren. Gerne hätte er gewusst, ob es dieses Wissen auch in seiner Heimat gab. Doch, dem unendlichen Wald sei Dank, gab es darüber natürlich keine Information in der Bibliothek des Schlosses in Seehain. Die meiste Zeit saß er alleine an einem der dunklen Eichentische, die mit ebenso dunklen Eichensesseln umgeben waren. Manchmal fragte Wallace sich, wer alles sauber hielt, denn, auch wenn er tagelang keine Menschenseele ausmachen konnte – und er verbrachte wirklich viel Zeit in der Bibliothek – so war ihm doch niemals ein wirklich verschmutzter Fleck aufgefallen. Im Gegenteil, denn meistens war alles fast schon zu hygienisch für seinen Geschmack. Wallace war oft allein, da Balimor Angelegenheiten nachging. Er wusste nicht ganz genau, welche das waren und hatte auch nicht vorgehabt zu fragen. Es waren oft nur die Wachen, die ihm auf dem Weg zwischen seinem Zimmer und dem Lesesaal über den Weg liefen. Abgesehen von der netten Dame aus der Küche, die ihm das Essen brachte, die zwar schlecht gekleidet, aber gut gelaunt und meistens sehr freundlich zu ihm war. Tatsächliche Gespräche jedoch führte er nur mit Balimor. Seit seiner letzten Traumwanderung hatte dieser ihm aufgetragen, zu versuchen, keine mehr zu unternehmen. Viel eher sollte er sich darauf konzentrieren, seine Gedanken zu kontrollieren. Angeblich sollte ihm das auch später dabei helfen sie besser unter Kontrolle zu haben. Außer ihm zu vertrauen, blieb Wallace nicht viel übrig. Er ließ das Buch, welches er gerade gelesen hatte, zufallen und streckte sich durch. Einiges hätte er bemängelt, aber bestimmt nicht die Auswahl an Büchern, die ihm während seinem Aufenthalt in Lovdien im Allgemeinen und Seehain im Besonderen zuteilwurde. Angeblich sollte er mit Balimor heute wieder ein Treffen haben. Doch es war bereits Nachmittag, zumindest seiner Einschätzung nach. Wenn nicht, dann würde er wohl den Rest des Tages im wunderschönen Gartenareal verbringen. Wallace war von der Schönheit und Vielfalt der Pflanzen, welche dieser zu bieten hatte, begeistert. Beinahe bei jedem seiner Rundgänge entdeckte er ein neues Detail, wobei auch andauernd Gärtner daran arbeiteten, die gesamte, riesige Fläche instand zu halten. Diese Rundgänge ließen ihn über sich nachdenken. Wahrscheinlich war das auch genau das, was Balimor von ihm wollte. Doch irgendwie wurde Wallace das Gefühl nicht los, verfolgt zu werden. Konnte es sein, dass die Wachen ein Auge auf ihn werfen sollten? Unwahrscheinlich war es nicht, da Balimor doch auch sonst schon so oft seine Vorsicht zur Schau gestellt hatte. Trotzdem fühlte Wallace sich bei dem Gedanken unwohl und beschloss sich auf sein Zimmer zurückzuziehen, um dort weiter in den Büchern zu lesen, die er sich mitgenommen hatte. Also ging er im selben Tempo wie zuvor wieder aus dem Garten in die Kühle der Mauern. Er wollte nicht, dass seine Beobachter irgendetwas auffällig finden konnten. Die Treppen zu dem Gang, in dem sein Zimmer war, stapfte er gemächlich hinauf. Dort angekommen sah er, dass er wohl die Mittagszeit und somit auch die warme Mahlzeit verpasst haben musste, denn vor seiner Tür stand eine Schüssel und dazugehöriges Besteck auf einem mit Ornamenten versehenen Tablett. Lächelnd öffnete er zuerst die Tür und hob dann das verzierte Tablett auf, um es in sein Zimmer, auf seinen Tisch, der zum guten Teil voller Bücher und Papier war, zu befördern. Plötzlich, er war gerade kurz davor es abzustellen, sagte jemand: „Ich habe eine Nachricht für Euch!", in einem flüsternden Ton. Vor Schreck hätte Wallace beinahe das Tablett losgelassen. Dank seiner schnellen Reaktion konnte er es doch noch irgendwie auf den Tisch platzierten. Er wirbelte herum, ihm wäre fast ein Schrei ausgekommen, so sehr hatte er sich erschrocken. Die Person – er sah jetzt, dass es die Frau aus der Küche war – hatte wohl in seinem Zimmer hinter seiner Tür auf ihn gewartet. Sie schloss ebendiese Tür, hinter der sie sich befunden hatte, und hielt einen Zeigefinger auf ihren Mund, wohl um zu signalisieren, dass er weiter ruhig bleiben sollte. „Ihr sollt Euren Mut bewahren. Man bemüht sich um Euch. Schon bald werdet ihr frei, wirklich frei sein!", flüsterte die Frau geheimnistuerisch. Wallace traute ihr nicht. Mehr als sicher war er sich, dass das nur ein weiterer Test seiner Loyalität gegenüber dem Grafen von Krähenhain war. Also erwiderte er dieses Schauspiel mit einem: „Ich habe keine Zeit für so etwas. Danke für die Mahlzeit", und versuchte sich dann geschmeidig umzudrehen um sich zu seinem Tisch zu setzen. Immerhin hatte er schon Hunger und keine Lust auf Probleme irgendeiner Art. Die Küchendame sprach kein weiteres Wort mehr und Wallace konnte nur hören, wie sich die Tür öffnete und dann wieder schloss. Was sollte dieser Spuk? Wollte Balimor denn unbedingt, dass er einen Fehler machte? Er wandte sich seinem Essen zu, welches an diesem Tag nur aus Brei und Brot bestand. Wobei dieser bei weitem nicht so gut wie andere war. Das letzte Mal, dass er einen wirklich guten Brei gegessen hatte, war im unendlichen Wald, woran er mit einem leichten Lächeln dachte. Während er aß, fing er an sich immer träger und müder zu fühlen. Fast so, als würde er gleich einschlafen. Ein leicht taubes Gefühl im Kopf. So müde ... am liebsten wäre er sofort an Ort und Stelle ...

„... dann weiß ich nicht, was ihr vorhabt, Balimor. Das ist doch hirnrissig, sage ich Euch!", sagte ein älterer, dicklicher Mann, der Balimor gegenüberstand. Sie befanden sich in etwas, das für Wallace aussah, wie eine Vorhalle eines Anwesens, soweit er das beurteilen konnte. Reiste er gerade mit seinem Geist? Er war sich nicht sicher ... „Glaubt mir, es ist notwendig. Vergesst nicht, was ich bereits für Euch getan habe", antwortete Balimor kühl. Der ältere Herr wich einen Schritt zurück. „Nein. Ich weigere mich!", jammerte dieser. „Es ist eure Entscheidung, Kelsin, nicht meine." Mit dieser Aussage machte Balimor am Absatz kehrt und ging durch eine Flügeltür nach draußen. Gerade als Wallace sich fragte, ob er ihm weiter nachgehen sollte, kamen einige Soldaten mit dem Krähenwappen durch die Tür geeilt, mit festem Schritt auf den Mann namens Kelsin zu. „Nein! Bitte nicht!", wimmerte er und hielt die Hände ein wenig schützend vor das Gesicht. Balimors Männer nahmen ihn an den Händen und legte ihm Fesseln an.

„Was ... was macht ihr denn mit mir?", fragte er verzweifelt. Als Antwort bekam er einen Schlag in den Bauch, woraufhin er wie ein Sack Kartoffel in sich zusammenfiel, fast so, als hätte man ihm gerade mit einem Schlag das gesamte Leben aus dem Leib geboxt. Wallace wandte sich ab und versuchte den Gedanken an das gerade Gesehene zu verdrängen. Nun war er sich sicher, dass es sich hier nicht um einen Traum handelte. Dafür fühlte es sich viel zu sehr wie die anderen Male an, welche auch keine normalen Träume waren. Also ging er durch dieselbe Flügeltür, durch die Balimor gegangen war. Kaum aus der Tür, wurde ihm sofort bewusst, dass der Schauplatz dieser Geistreise kaum einen Katzensprung von seinem eigentlichen Aufenthaltsort entfernt war. Da er schnell handeln musste, versuchte er sich so gut wie möglich an die Schriften zu erinnern, die er in der Zwischenzeit über das Thema gelesen hatte. Doch stand da jemals etwas davon, wie der Vorgang unterbrochen werden kann? Da wollte er gerade wütend werden, dann ...

Er schnappte nach Luft und hob seinen Kopf vom Tisch. Seine Verwirrtheit stand ihm in das Gesicht geschrieben. Ihm war, als hätte er keine Kontrolle über den Verlauf seiner Reise gehabt. Also doch mehr wie ein Traum? Des Öfteren und besonders in diesem Moment fragte er sich, wieso es so ein kompliziertes Thema sein musste, wenn man schon Fähigkeiten besitzte. Seine Stirn legte er wieder am Tisch ab und starrte auf die einzelnen Risse auf der Oberfläche. Wieso hatte er gerade diese Situation gesehen. Warum war er überhaupt eingeschlafen? Gerade hatte er noch den Brei gegessen und dann ... der

Brei! Was sonst hätte es sein können? Doch hatte er der Dame immer vertrauen können, weshalb sollte sie nun seinen Brei so präparieren, dass er sofort einschlafen würde? Da er sich sicher war, dass er so schnell wie möglich handeln müsse, nahm er in eiliger Überlegung das Tablett in die Hand und machte sich aus seinem Zimmer auf hinaus in Richtung Küche. Dort vermutete er die Dame, deren Name er nie wirklich erfahren hatte, wie ihm auffiel. Allerdings befand sich die Küche im anderen Ende des Gebäudeteils, sodass er, während er die Stockwerke wechselte, immer wieder mal an Wachen vorbeikam, vor denen er dann versuchte so ruhig wie möglich zu wirken. Er wollte, dass sie keinen Verdacht schöpfen. Als er hastig, noch immer mit dem Tablett in der Hand, um eine der letzten Abzweigungen bog, wäre er beinahe mit einem Botengänger zusammengestoßen. Diesen Unfall konnte er nur verhindern, indem er sofort stehen blieb und mit einem halb genuscheltem: „E'schuldige!", sofort weiterflitzte. Auch wenn der Weg nur ein paar Minuten dauerte, für Wallace fühlte es sich nach einer halben Ewigkeit an. Mit einigen Schweißtropfen auf der Stirn war er endlich angekommen. Kurz stellte er das Tablett ab und stützte sich mit seinen Händen an seinen Oberschenkeln ab und atmete ein paar Mal tief aus und ein. Sein Leben war doch bloß eine einzige Stresssituation geworden, dachte sich Wallace, was ein kurzes verzwicktes Lächeln auf seine Lippen auftauchen ließ. Dann bewahrte er wieder Miene, öffnete die Tür zur Küche und schlüpfte samt Tablett hinein. „Ich wollte mich nur mal für die Kost bedanken und dachte, ich bringe das Tablett zurück!", sagte er in einem lauten Ton, in der Hoffnung, jemand würde ihn auch aus einem anderen Raum hören. Niemand war zu sehen in der Küche. Sie war auch bei weitem kleiner, als er sie sich vorgestellt hatte. Hatte er an einen Raum mit dutzenden Kochstellen und Anrichten gedacht, gab es bloß eine kleine Kochnische, sowie ein paar Stühle rund um einen wackelig wirkenden Tisch. Auf diesen stellte er das mitgebrachte Tablett und lauschte. Es gab zwei weitere Türen, von denen sich Wallace nicht sicher war, wohin sie führen würden. Eine ganze Minute lang stand er wie eingefroren da und entschloss sich dann nachzusehen, was sich hinter den Türen befanden. Fast hatte er schon die Hand auf der Klinke der einen, konnte er doch noch hinter der anderen etwas vernehmen. Auf alles gefasst schlich er sich hin und öffnete sie dann in einer schnellen Bewegung. Sofort sah er die Küchendame am Boden liegen und über ihr gebeugt stand … „Linda!", staunte Wallace mit offenbleibenden Mund. „Psssssst!", machte Linda und ging sofort zur Tür um sie wieder zu schließen. „Aber …!", stammelte Wallace mit verblüffter Miene. Er blickte ihr in ihre verzaubernden grün-blauen Augen und, als sie ihn ohne weitere Worte umarmte, musste er unweigerlich lächeln. Für einen kurzen Moment blieben sie so stehen, doch Linda wirkte leicht gestresst. Trotzdem schien sie noch Zeit für ein: „Es tut mir so … schrecklich Leid. Das hätte nicht passieren dürfen!" Wallace war endlich aus seinem Schock herausgekommen und erwiderte: „Mir geht es doch gut, keine Sorge … was machst du hier?" „Was ich hier mache?", fragte Linda mit einem Anflug von Empörung. „Ach, ich dachte, ich komm dich mal besuchen!" Sie gab ihm einen leichten Schlag auf den Hinterkopf. „Wir haben keine Zeit für solch einen Unsinn! Komm, Wallace! Wir werden später genug Zeit haben um zu reden. Wir müssen aber zuerst hier weg!", sagte sie und zog ein wenig an seinem Arm. „Wieso denn weg!?", kam es entrüstet aus ihm heraus. „Bist du noch bei Sinnen?", zischte Linda ihn mit einer verwirrten Miene an. Sie musterte ihn durchdringend und fragte: „Was … was hat er mit dir angestellt?" Wallace war sich nicht ganz sicher, was Linda damit hätte meinen können, doch er hatte ein merkwürdiges Gefühl und bekam plötzlich Kopfschmerzen. „Du kommst mit, Wallace. Na los jetzt!" Mit einer Hand auf der Stirn liegend ließ er sich von ihr mitziehen. Sein Kopf fühlte sich an, als würde er ihm gleich abfallen und mit jedem Pochen wurde es schlimmer. Klar zu denken war ihm schon beinahe nicht mehr möglich gewesen. Doch die Tatsache, dass er gerade Linda wieder in seiner Nähe hatte und sie mit ihm den Korridor entlanglief, drang doch zu ihm hindurch und plötzlich schoss ihm, im Angesicht des Gedankens an Balimors Zorn, das Adrenalin ins Blut und die Schmerzen wurden leichter. „Wo … wo laufen wir hin?", schnaufte Wallace. „Du wirst sehen. Vertrau' mir einfach!", sagte sie ohne sich umzudrehen. Vertrauen, das war ein gutes Stichwort, dachte er sich. Wie sollte er ihr vertrauen, hatte sie ihm doch einfach die Tatsache vorenthalten, dass sie mit dem Grafen verwandt war und ihn, vermutlich, sogar noch beseitigen wollte. Doch hatte er sie die gesamte Zeit über nicht vergessen und er hätte auch zuvor niemals böswillige Absichten von ihrer Seite aus bemerkt. Aber gerade eben hatte er sie über die Küchendame gebeugt vorgefunden. Hatte sie … Nein.

Ihre Dolche, welche sie ungewohnter Weise an den Gürtel ihrer dunklen Hose befestigt hatte, waren sauber. Sie hätten trotzdem bestimmt einiges zu besprechen. Gerade fühlte sich Wallace klarer. Doch er würde ihr vertrauen. Nicht sie hatte ihn über Monate gefangen gehalten. „Sie sind da lang!", hörte man von einem oder zwei Gängen weiter hallen. „Verdammt!", zischte Linda und wirbelte herum. Sie blieb abrupt stehen und ließ endlich Wallaces Hand los, welche sie die gesamte Zeit über gehalten hatte. Für Wallace kam das so plötzlich, dass er ihr beinahe auf die Fersen gesprungen wäre. „Wir müssen aus einem Fenster!", flüsterte sie mit dem Blick zuerst zu ihm und dann die Umgebung absuchend. Er hatte vergessen, wo genau sie gelaufen waren. Seiner Schätzung nach befanden sie sich in diesem Moment in der zweiten Etage, wenn man dies so bezeichnen konnte. „Das wird aber hoch, Linda!", sagte er leise. Ihren Namen auszusprechen, in ihrer Gegenwart auszusprechen, fühlte sich wohltuend an, dachte er sich. „Uns bleibt nicht viel übrig, los jetzt!", flüsterte sie hastig und lief schnell auf das nächste Fenster zu, welches nur wenige Meter entfernt war. Doch, er vertraute ihr. Sonst hätte er das niemals gemacht, dachte er grinsend und fing auch an zu laufen.

Linda saß schon im Fenster und sah nach hinten zu Wallace. Kaum war er angekommen, ließ sie sich nach außen runter und hielt sich noch mit den Händen fest. Mit dem Gesicht zur Wand flüsterte sie: „Mach es mir nach!" Dann stieß sie sich leicht von der Außenwand des Schlosses ab und landete wie eine Katze sanft und geräuschlos im Gebüsch. Wie ihm geheißen wollte er sich gerade auch hinunterlassen, da sah er schon, wie Wachen direkt auf ihn zukamen. „Bleib wo du bist, Bengel!", schrie eine von ihnen. Linda rief ihm von unten zu: „Wallace!" In Panik verfallen vergaß Wallace das Runterlassen komplett und sprang einfach ab, wodurch er weiter fiel als Linda. Er kam mit Krach zu Boden und schrie, da ihm die Beine sofort schmerzten, als ob er gerade von einem Baumwipfel gefallen wäre. „Ah!", kam langgezogen zwischen seinen zusammengebissenen Zähnen hervor. Sein Gesicht war schmerzverzerrt. Er versuchte sich zu beruhigen. „Du musst aufstehen, komm!", hetzte ihn Linda und nahm ihn an einem Arm, um ihn hochzuheben. Die Wachen waren ihnen nicht nachgekommen, aber sie würden vermutlich ebenfalls schon bald im Garten sein. „Komm, wir haben eine Strickleiter vorbereitet", sagte sie zu ihm und lief vor. Wallace humpelte ihr unter Schmerzen so schnell wie er konnte nach. Der Garten war vom großen Tor am Eingang abgesehen, welches immer stark bewacht war, komplett von einer hohen Mauer umgeben, die normalerweise stets patrouilliert wurde. Doch schien es Linda irgendwie gelungen zu sein, eine Fluchtmöglichkeit vorzubereiten. Glücklicherweise befanden sie sich in einem natürlich gehaltenen Teil des Gartens. So war es fast unmöglich, dass man sie zwischen all den großen Bäumen und grünen Büschen einfach von der Ferne schon sehen konnte. Die Mauer konnte er schon sehen, da kam Linda hinter dem Gestrüpp hockend ins Halten. Sie signalisierte ihm, zu ihr zu kommen und sagte dann: „Warte hier. Ich sehe zuerst nach, ob es sicher ist, Wallace." Die Möglichkeit ihm ein Lächeln zu schenken ließ sie selbst in dieser Situation nicht aus und verschwand dann aus seinem Blickfeld. Er machte sich so klein wie möglich, sodass man ihn nicht entdecken würde. Diese Linda sollte dieselbe sein, die Böses im Schilde führte? Allmählich kam sich Wallace klarer vor. Klarer, als er seit seiner Gefangennahme gewesen war. Er versuchte zu lauschen, ob er irgendetwas wahrnehmen konnte, doch außer seinem eigenen Atem konnte man nur das Geräusch der Blätter im Wind vernehmen. Diese Laute hätte er sonst genossen, doch hinsichtlich seiner Lage war ihm das zu diesem Zeitpunkt nicht möglich. Minuten gefühlter Ewigkeit vergingen, da tauchte plötzlich Linda wieder aus dem Blattwerk hervor. Er hatte sie nicht kommen gehört. „Okay", begann sie zu flüstern, „wir müssen nur noch loslaufen und über die Strickleiter die Mauer hoch. Sie ist eigentlich recht gut getarnt, zumindest von der Ferne meine ich. Wenn wir-", sie wurde durch das Geräusch von mehreren schweren Schritten unterbrochen, das in nicht allzu ferner Nähe zu hören war. „Los, jetzt!", flüsterte sie hektisch und half dem noch immer vom Sprung angeschlagenen Wallace aus der Hocke auf die Beine und lief mit ihm in die Richtung der Strickleiter.

Wallace saß bereits rittlings auf der Mauer und blickte nach unten auf Linda, die ihm aufgrund seiner schmerzenden Beine zuerst nach oben lassen wollte. Er beugte sich etwas nach unten, um ihr seine Hand anzubieten, da er einen festen Sitz hatte. „Ich glaube, wir sollten uns beeilen, Linda", sagte er, leicht nervös. Die Wachleute schienen immer näher zu kommen, auch wenn sie außer Schritten keine Geräusche zu machen schienen. „Danke", sie nahm seine Hand und er zog sie die letzten Sprossen hoch. Die Seite der Mauer, auf der sie gleich heruntermussten, war mindestens sieben Meter hoch. Nachdem sich Linda ihm gegenüber in dieselbe Position wie er selbst gebracht hatte, sagte sie: „Los, ziehen wir die Leiter hoch. Ich denke nicht, dass du nochmal springen möchtest?" Selbst in solchen Momenten konnte sie noch Zeit zum Scherzen finden, was Wallace sehr bewunderte. Beide langten sie nach unten und packten eine Seite der Leiter an. Die Leiter war sehr schwer, aber sie schafften es gerade noch sie hochzuhieven und so auf die andere Seite rutschen zu lassen, sodass sie mehr oder weniger gut herunterklettern konnten. „Du zuerst, Wallace", meinte Linda und als er unwillig aussah, weil er lieber Linda in Sicherheit wusste, fügte sie noch ein „Bitte" hinzu, was ihn dann dazu brachte, als erster herunterzusteigen. Zwar war die Leiter vermutlich nicht dafür gedacht, das Gewicht zweier Menschen zur gleichen Zeit auszuhalten, doch Angesicht der Tatsache, dass sie die Wachen sonst sehen würden, schwang sich auch Linda auf die Leiter, als Wallace weit genug nach unten gestiegen war. Die letzten Sprossen sprangen sie, anstatt sie hinunterzuklettern. Die Landung ließ sich seine Beine nicht besser fühlen, doch nun konnten sie die Leiter herunterziehen, damit sie weder von den Wachen entdeckt noch benützt werden konnte. „Was jetzt?", fragte Wallace etwas verdutzt. Sie waren nun auf einer Grünfläche neben dem Schloss. Doch da es nicht viele Möglichkeiten gab, würden sie unweigerlich zuerst durch die Stadt müssen, egal wo sie der Weg danach hinführte. „Ich habe ein paar Leute angeheuert, die uns helfen werden. Gleich am Stadt-rand hier in der Nähe werden sich zwei Pferde befin-den. Wir müssen so schnell wie möglich durchreiten, bevor sie die Tore schließen können. Uns bleibt nicht viel Zeit", sprach sie und deutete ihm mitzukommen. Sie beeilten sich und liefen ganz schnell die Strecke entlang.

„Mist!", zischte Linda und hielt Wallace mit ihrem ausgestreckten Arm auf und zog ihn dann hinter Ge-strüpp. Zwar waren sie noch nicht ganz am Ziel ge-wesen, doch sie hatte schon gesehen, dass die Wa-chen bereits ihre Fluchtpferde in Beschlag genommen haben. Man konnte anhand ihrer Stirnfalte ablesen, dass sie gerade nachdachte. „Das ist nicht gut", mein-te sie. Wallace war ihr auch keine große Hilfe, im-merhin hatte er die Stadt bestenfalls nur von oben be-trachten können. Er hob den Kopf leicht, um zu er-kennen, was die Leute mit ihren Pferden tun würden. Ein Dutzend Männer sah er, welche dort ganz ruhig Position bezogen hatten. Dann senkte er seinen Kopf wieder und fragte: „Gibt es keinen anderen Weg hin-aus?" Sein Verlangen danach hier wegzukommen war, mit jeder Sekunde, die er nun wieder mit Linda verbracht hatte, potenziell gestiegen. Sie strich sich eine ihrer langen, blonden Strähnen aus dem Gesicht und grübelte vor sich hin. „Wir könnten versuchen uns über den Hafen hinaus zu schleichen. Aber auch dann müssten wir ein Tor passieren", stellte sie fest und fügte dann noch leicht niedergeschlagen hinzu: „Diese Stadt ist eine verdammte Festung." Mit dem Finger strich sie ein wenig im Erdboden herum, ver-mutlich ohne es zu bemerken. Dann schien sie einen

Entschluss gefasst zu haben: „Wir haben keine Wahl. Ich werde dich bestimmt nicht hierlassen, also musst du mit mir kommen. Raus geht es nur in eine Richtung und in die gehen wir gemeinsam." Wallace mochte es sehr gerne, wenn sie auf diese bestimmende, strenge Art und Weise mit ihm sprach. Er hatte oft das Gefühl, dass Linda der leidenschaftlichste Mensch war, denn er je getroffen hatte. „Wir werden versuchen so unauffällig, aber so schnell wie möglich zum Hafen zu kommen. Sollten wir auffallen, laufen wir. Wenn möglich, sollten wir den Leuten, denen wir begegnen, eher ausweichen, als mit ihnen auf Konfrontation zu gehen, verstehst du?" Er nickte und sie fuhr fort: „Vom Hafen aus können wir dann dort anlegen, wo wir auch mit den Pferden angekommen wären." Sie schien zu überlegen, ob sie etwas vergessen hatte und fragte ihn dann: „Kann es losgehen?" Ganz plötzlich umarmte er sie. Ohne sie könne er das alles nicht. Sie erwiderte die Umarmung und als er sich löste sagte er: „Es kann losgehen." Wallace wusste natürlich nicht wo sie lang mussten, so schritt wieder einmal Linda voran. Um die Wachleute machten sie einen großen Bogen und traten an einer anderen Stelle in die Stadt ein.

Die Gebäude waren von nahem bei weitem nicht so schön, wie Wallace sie von der Ferne empfunden hatte, zumindest was die bürgerlichen Bauten anbelangte. Sie gelangten auf eine gepflasterte Straße, auf der sich einige Leute tummelten. Sie versuchten sich unter diese zu mischen. Die Stadt war riesig, deshalb war es für Wallace schwierig die Orientierung zu bewahren. Seiner eigenen Einschätzung nach waren sie noch nicht einmal in der Stadtmitte angekommen. Bis zu diesem Zeitpunkt waren sie auch glücklicherweise noch keinen Wachleuten begegnet. Weder aus Krähenhain, noch aus Seehain. Immer wieder blickte Linda nach hinten, um sich zu vergewissern, dass ihr Freund noch immer hinter ihr war. An gewissen Stellen waren die Straßen so eng und die Leute so zahlreich, dass sie sich förmlich durchzwängen mussten, um voranzukommen. Eine Stadt so stark bevölkert, wie es diese war, dachte Wallace, war bestimmt schwer zu versorgen. Linda schien sehr genau zu wissen, wohin sie mussten, denn sie bog immer ohne zu zögern in die nächste Straße oder Gasse ab. Doch nachdem sie schon einige Zeit unterwegs waren, kamen sie doch an Wachen vorbei. Sie schienen nervös und aufgehetzt zu sein und hatten ihre Hände auf den Waffen. Die beiden hielten ihre Häupter gesenkt und versuchten nicht verdächtig zu wirken. „Sind sie weg?", fragte Wallace. „Ich denke schon", meinte Linda und wollte gerade weitergehen, da taumelte Wallace und hielt sich mit zusammengebissenen Zähnen den Kopf. Weshalb hatte er diese unbändigen Kopfschmerzen, wieso ... „Das war ein Fehler, Wallace", sagte Balimor. Wallace wirbelte herum und versuchte ihn zu entdecken doch, er merkte schnell, die Stimme war in seinem Kopf ertönt. Nachdem die Stimme aufhörte nachzuhallen, klang der Kopfschmerz wieder ab. „Wallace, was hast du?", sorgte sich Linda um ihn. „Er – Balimor ... ich schätze, er hat es jetzt mitbekommen", meinte Wallace. „Balimor meinte, dass dies ein Fehler wäre." Linda sah besorgt aus, aber versicherte ihm: „Das ist alles andere als ein Fehler. Hör nicht auf ihn." Sie lächelte ihn leicht an und deutete an, dass sie weitergehen müssen. Mit der Sorge, dass Balimor ihn finden würde, versuchte er sich nicht allzu lange aufzuhalten. Plötzlich schnitt jemand Wallace den Weg ab, da die Person sich selbst durch die Masse der Menschen auf der Straße drängte. Dabei verlor er Linda aus den Augen und versuchte hektisch sie wieder in sein Blickfeld zu bekommen. Er drängte sich in die Richtung vor, in die er sie gehen hatte sehen und bog dann aus der Menge heraus ab in eine Seitengasse, in der sich niemand befand. Die Häuser waren links und rechts von ihm hochgezogen, sodass es nur Schatten gab. Ihm gruselte irgendwie vor dieser langen, dunklen Gasse und er wandte sich um, wobei genau in diesem Moment Linda in ihn krachte. „Aua!", sagten sie beide gleichzeitig und lachten dann leicht vor Verwunderung. Linda meinte, sie hatte schon gedacht ihn verloren zu haben und war umgekehrt. Dann hatte sie ihn aber in eben dieser Gasse erblickt. „Das ist nochmal gut gegangen", sagte Wallace, schlug aber vor, sich von nun an dauerhaft von ihr an der Hand nehmen zu lassen, sobald sie drängen mussten, um sich nicht wieder zu verlieren. Er bezweifelte, dass sie beim zweiten Mal wohl nochmal so viel Glück haben würden. „Es ist nicht mehr weit", versicherte Linda und fragte ihn, ob er bereit wäre weiterzugehen. Als er dies bejahte, versuchte sie ihm zu erklären, dass es eine gute Idee wäre, kleine Gassen anstatt der frequentierten Straßen zu nehmen, da sich selbst die Wachleute kaum dort hinbegeben würden. So drehte sich Wallace um und Linda lief ihm in die schmale Gasse nach. Sie roch nach modrigem, altem Gestein und teilweise nach noch viel Älterem. Ein wirklich unbehagliches Gefühl überkam ihn. Seit wann hatte er denn Angst vor Dingen, die nicht hätten angstein- flößend sein müssen? „Magst du vorgehen, Linda?", fragte er unschuldig, ohne langsamer zu werden. „Klar!" Er blieb kurz stehen und drückte sich gegen die Wand, da an dieser Stelle selbst Linda sonst nicht an ihm vorbei gepasst hätte. Doch selbst dann be- rührten sich die beiden unweigerlich – nicht, dass es ihn gestört hätte. Er war froh darüber, dass sie ihn nicht fragte, warum er sie bat vorzugehen. Die Stille der Gasse ließ Wallace sich nicht besser fühlen und er freute sich sichtlich, als sie, nachdem sie in eine ande- re Gasse abgebogen waren, am Ende Sonnenlicht se- hen konnten.

Bevor sie wieder auf eine der größeren Straßen ab- bogen, stellte Linda klar: „Wir sind gleich beim Ha- fen. Wie du dir bestimmt schon denken konntest, ist die Stadt abhängig vom Handel über das Wasser, wodurch reger Verkehr auf den Docks und dem Ha- fengelände herrscht." Wallace gab ihr zu verstehen, dass er verstanden hatte und sie fuhr fort: „Sobald wir durch die vorerst letzte Hürde, einem der Tore zum Hafen, gelangt sind, müssen wir es zu einem Schiff schaffen, welches einem gewissen Albert Sil- berknecht, oder auch Kapitän Silberhand genannt, gehört", erklärte sie und fügte dann, angesichts des verdutzten Gesichtsausdruck von Wallace, hinzu: „Du wirst schon sehen, wieso er diesen Namen trägt." Wallace war sich sicher, dass er es sich nun schon denken konnte. „Ich sage dir das alles, da wir uns gleich trennen werden. Alleine fallen wir weni- ger auf, als zu zweit. Du sollst auch alleine zu ihm finden können. Sag du bist ein guter Freund von Linda, so wird er wissen, dass er dir vertrauen kann." Wallace sorgte sich ein wenig. Was wenn ihn die Wachen sofort erkennen würden? Sie würden ihn zu Balimor bringen und dann würde er vermutlich nicht wieder aus dem Verlies entlassen werden – falls sie ihn dieses Mal nicht hinrichten würden. Zwar hatte er nie jemanden etwas getan, doch er spürte, dass es nicht zu seinen Gunsten ausgehen würde. Er hatte Balimors Regeln verletzt. „Wie kann ich ihn finden?", fragte Wallace, um sicher zu gehen. „Das letzte Mal, als ich den Käpt'n sah, hatte sein Schiff eine graue Flagge mit einem roten Rosenkranz darauf. Du wirst es sicher leicht erkennen", erklärte sie ihm. Da alles geklärt schien, sagte Wallace: „Dann hoffentlich bis bald." Sie erwiderte den Gruß und ging als erste aus der Gasse heraus. Er würde noch ein wenig warten, da er sowieso auch das nähere Tor nehmen würde als sie. Mit geschlossenen Augen lauschte er der Kulisse und erst jetzt wurde ihm wieder bewusst, wie laut eine Stadt am Tage sein konnte. Nachdem nach seiner Empfindung nach genug Zeit vergangen war, öffnete er seine Augen wieder und ging auch aus der Gasse hinaus auf die Straße. Ein Fluss aus Menschen, verschiedenster Größe, Haarfarbe, Geschlechtes, Hautfarbe und Kleidungsstil bewegte sich in mehreren Strömen in ähnlichem Tempo zwischen Hafen und Stadt hin und her. Manchmal war auch ein Wagen zwischendurch zu entdecken, oder auch bewaffnete Mannen des Landes. Wallace hatte noch nie so viele Menschen auf einem Fleck von nahem gesehen und doch würde er sich sehr bald in einen dieser Ströme eingliedern, um unauffällig durch die gesicherten Tore zu gelangen. Doch viel tun musste er dafür nicht, denn stehen bleiben konnte er durch die Bewegung der Masse ohnehin nicht, ohne umgelaufen zu werden. So gab er sich diesem Schicksal hin und hielt seinen Kopf leicht gesenkt, um niemanden unbeabsichtigt in die Augen zu blicken, was ihn, wenn ihn jemand der Wachen erkannte, vermutlich zu seiner sofortigen Inhaftierung geführt hätte. Noch war er noch mehr als hundert Meter von der gigantischen Festungsmauer entfernt, welche nur durch das Tor passiert werden konnte. Er fragte sich, vor wen diese Mauern schützen sollten, doch so massiv sie waren, so alt mussten sie auch sein. Vermutlich, dachte er sich, existierten sie schon lange bevor überhaupt jemand an das Königreich Lovdien und sein Königshaus des Adelsgeschlechts Elren gedacht hatte. Nun, da er darüber nachdachte, fiel ihm auf, dass er selbst in der Bibliothek von Balimor nichts über das Alter der Stadt gelesen hatte. Andererseits hätte er mit der Information auch nicht leichter entkommen können, weshalb er seine Gedanken wieder auf das Durchqueren des Tores konzentrierte.

Fast im Gleichschritt trottete er mit der Menge in dieselbe Richtung und allmählich trat er in die Schatten der Mauer. Er fühlte seine eigene Nervosität am ganzen Leib. Beim Anblick der großen Anzahl Wachleute, die beim Tor postiert worden waren, schauderte es ihm. Bestimmt waren sie schon über seine Flucht in Kenntnis gesetzt und damit beauftragt worden, ihn nicht passieren zu lassen. Trotzdem versuchte er die Fassung zu bewahren und nicht den Anschein zu erwecken, dass er etwas zu verbergen hätte. Es war äußerst unwahrscheinlich, dass die Wachen am anderen Ende der Stadt sein Gesicht kannten. Außerdem trug er schlichte Kleidung, die man nicht unbedingt als auffallend hätte beschreiben können. Nur noch wenige Meter war er von dem aus der Nähe noch viel gigantischer wirkendem Tor entfernt, welches mit großen, eisernen Fallgittern ausgestattet war. Derartigen Befestigungsmaßnahmen war er noch nie so nahegekommen. Dann war es soweit, der Strom hatte ihn bis in die Mitte derer geführt, die ihn, hätten sie ihn nun erkannt, sofort aufgehalten hätten. Die Zeit war wie stehengeblieben für ihn. Er konnte seinen Herzschlag fühlen, doch für ihn war es eine gefühlte Ewigkeit zwischen jedem der Schläge und er schärfte sein Gehör. Doch die Wachen sprachen nichts, das mit ihm zu tun hatte. Am lautesten waren die Menschen, die durchgehen wollten und die vereinzelten Wachleute die Würfel spielten, dabei laut brüllten und schallend lachten. Die gerade besetzten Posten nahmen zwar jeden im Vorbeigehen unter die Lupe, doch nur wenige Sekunden später war der Spuk wieder vorbei. Wallace trat auf eine, für seine Verhältnisse, riesige gepflasterte Fläche hinaus. Der Strom aus Menschen löste sich ab diesem Punkt auf und verteilte sich in alle Richtungen. Der Geruch von Fisch schlug Wallace entgegen und beinahe wäre ihm die Kinnlade bei dem Anblick der zahlreichen Boote und Schiffe runtergeklappt. Noch nie zuvor hatte etwas Vergleichbares gesehen. „Wie soll ich hier bloß eine Flagge erkennen?", fragte er sich selbst und wurde im nächsten Moment von jemanden angerempelt, der sich im Vorbeigehen entschuldigte. Dadurch wachgerüttelt ging er weiter auf den Kai zu und versuchte dabei nicht zu überfordert auszusehen.

Er war sich aber nicht sicher, wie er mit bloßem Auge das Schiff von dem mit Linda befreundetem Kapitän Silberhand hätte erkennen sollen, so entschloss er sich bei den Ständen durchzufragen. Doch als er auch bei dem sechsten Stand nur mit sehr intensivem Fischgeruch und einem „Ney, kenn ich nich'!" abgespeist wurde, fasste er den Plan, vom nächsten höheren Punkt aus nach der Flagge am Mast zu suchen. Kurz umgesehen sah er, dass der Leuchtturm keine fünf Wegminuten entfernt auf einer Erhöhung erbaut worden war. Er machte sich auf den Weg dorthin. Ob Linda es durch das Tor geschafft hatte? Woher sollten Balimors Leute sie kennen. Außerdem konnte sie bestimmt auch ihre Fassung bewahren! Was, wenn Balimor sie gefunden hat? Unwahrscheinlich, ganz sicher. Wallace rügte sich selbst für seine Zweifel, die ihm durch den Kopf zu gehen versuchten. Die Sonne war mittlerweile ziemlich warm und er schwitzte beim kurzen Aufstieg zum Leuchtturm mehr, als es ihm lieb gewesen wäre. Schutz im Schatten des Gebäudes suchend, fing er an die Flaggen durchzugehen. Von goldenen Adlern zu bronzenen Walen konnte man an diesem Tage alle Variationen an Emblemen sehen. Er fragte sich, wie die Leute sich überhaupt noch eine nicht benutze Kombination einfallen lassen konnten, oder ob es eben doch auch Duplikate zu finden gab. Dann endlich, nachdem er schon fast die Hoffnung verloren hatte, sah er sie: grauer Hintergrund mit rotem Rosenkranz darauf. Vor Freude entrann ihm ein:

„Endlich!", immerhin war er seiner Einschätzung nach schon beinahe eine Stunde damit beschäftigt gewesen, die verschiedenen Schiffe durchzugehen. Das Schiff mit der Flagge von Kapitän Silberhand lag auf dem zweitnächsten Pier vor Anker und schien ein größerer Kutter zu sein. Beflügelten Schrittes stieg er die Anhöhe des Leuchtturms wieder hinab und ging über den Platz zu dem Pier. Dann stand er vor dem Kutter. Die Schiffe ringsum waren alle von ähnlicher Größe, doch irgendwie stach das Schiff vom Kapitän Silberhand hervor, auch wenn Wallace nicht hätte benennen können, weshalb es das tat. Kurz war er noch bewundernd davorgestanden, da sprach ihn schon jemanden von dem Deck aus an. „Sucht ihr etwas?", fragte eine raue, aber freundliche Stimme. „Tatsächlich", antwortete Wallace, laut genug, um auch am Schiff gehört zu werden. „Ich suche Kapitän Silberhand." „Wartet einen Moment", kam zurück und Wallace tat wie ihm geheißen. Um nicht ungeduldig zu wirken, wandte er sich um und betrachtete einige der Schiffe, die mit kunstvoll geschnitzten Figuren ausgestattet waren. Dann wurde eine Planke vom Schiff auf den Pier gelegt, sodass man hinunterkonnte und ein Mann stieg darauf herab. Ein Mann, der seine rechte Hand durch eine silbrig glänzende Metallhand ausgewechselt hatte. „Ihr sucht nach mir?", fragte der Kapitän mit Neugier in der Stimme. Wallace hatte ihn sich bei weitem ungepflegter vorgestellt, als er tatsächlich war. Er trug einen langen, dunkelblauen Mantel und ein schwarzes Tuch um den Hals. „Seid ihr Kapitän Silberhand?", fragte Wallace, nur um sicher zu gehen. Zur Antwort klopfte der Kapitän zweimal mit seiner linken auf seine metallene rechte Hand und blickte ihn dann weiterhin an. „Ich ... ich bin ein guter Freund von Linda", sagte Wallace etwas fragend. Da ging der Käpt`n auf ihn zu und reichte ihm die linke Hand zum Handschlag: „Lindas Freunde sind meine Freunde. Nenn mich Albert, Junge. Wie ist dein Name?" Erst war Wallace etwas überrascht über die Reaktion, doch erwiderte er dann die Geste und stellte sich vor. „Wallace heiße ich. Linda meinte, ihr könntet mir Schutz gewähren. Sie sollte eigentlich bald eintreffen." „Das wird sie bestimmt. Komm erst mal an Bord!", antwortete er unbeirrt. So trat Wallace als Erster auf das Schiff und wunderte sich, wie viele Personen wohl darauf Platz haben. Danach kam auch Silberhand wieder auf das Deck, doch die Planke wurde nicht eingezogen. Wallace bewunderte die kompliziert wirkende Konstruktion des Hauptmastes, welche mit vielen Tauen mit anderen Teilen des Bootes verbunden war. „Du siehst aus, als könntest du etwas Ruhe vertragen, Wallace", sagte der Kapitän, der in der Tür zur Kajüte stand, „Komm doch mal mit." So ging er zügig zu der Tür und trat in die Stube ein. Es handelte sich um einen kleinen und schlichten Wohnraum, mit zwei Tischen mit zugehörigen Bänken und einigen Stühlen, die übereinandergestapelt waren. Silberhand führte ihn stolz herum, zeigte ihm die angrenzende Kombüse, die vermutlich gerade mal groß genug war, um den Koch zu beherbergen und die beiden Schlafräume, wobei in einem einer seiner Leute versuchte zu schlafen, bei dem er sich für die Störung entschuldigte. „Außerdem", sagte er, als sie wieder bei den Tischen waren, „gibt es noch mein Zimmer." Doch es wäre nicht groß von Bedeutung, meinte der

Käpt'n, da es nicht viel anders aussehe und Wallace es vermutlich noch früh genug zu sehen bekäme. Das nahm Wallace so hin und setzte sich auf den ihm angebotenen Platz bei einem der Tische. Man ließ ihn kurz allein und er ließ sich dazu hinreißen das Kerzenwachs von der Tischoberfläche zu kratzen, welches sich unter seinen Fingernägeln verfing, was ihn unweigerlich dazu veranlasste sich mit seinen anderen Fingern dieselben wieder zu reinigen zu versuchen, da es ein irritierendes Gefühl war. Jemand trat ein und Wallace hatte schon Linda erwartet, doch es war jemand anderes. „Grüß Euch", sagte die nett lächelnde Dame zu ihm und er tat es ihr gleich. Sie hatte schulterlanges, rabenschwarzes Haar, soweit Wallace das in der eher düsteren Kajüte beurteilen konnte. Kein Wunder, dass er zuerst Linda erhofft hatte, denn auf den ersten Blick hatten sie beide eine sehr ähnliche Statur. Sie verschwand in der kleinen Kombüse und er ging weiter seinem Werk nach. Doch er blickte prompt wieder auf, als es in der Schiffsküche rumpelte und es sich anhörte, als wäre jemand umgefallen. „Alles in Ordnung?", fragte er, mit dem Blick um die Ecke durch die Tür. Er sah wie die Frau vergebens versuchte mehrere Holzbecher, einige waren bereits auf den Boden gefallen, zu balancieren, welche ihr wohl gerade in die Arme gefallen waren. Schnell ging er zu ihr und stellte die Becher auf die Anrichte. Sie dankte ihm für seine Hilfe, irgendjemand hätte die Becher unvorteilhaft gestapelt und als sie gerade welche nehmen wollte fielen diese um. Er bückte sich eben und hob die letzten Becher auf, wobei er ihr unangenehm nah kam, da die Küche nicht viel mehr Platz bot. Abermals dankte sie ihm und er wandte sich um, um zu gehen, da trat auch schon Linda in die Kajüte und er ging auf sie zu. Zur Begrüßung drückte sie ihn sehr fest, wohl überglücklich, ihn auf dem Schiff zu haben. Wallace hatte die Vermutung, dass, wenn sie es gekonnt hätte, sie ihn gerne hochgehoben hätte. Aber auch er verspürte Freude, sie unter diesen Umständen zu sehen. Nachdem sie ihn, nach was sich wie eine Ewigkeit anfühlte, wieder aus der Umklammerung ließ und ihn angrinste, richtete sie ihr Wort an die schwarzhaarige Frau: „Na Rovana, du kennst Wallace also schon?" Sie nickte lächelnd und bedankte sich bei Wallace nochmals für seine Hilfe und ging dann mit zwei Bechern hinaus auf das Deck.

„Sie ist der Maat von Albert, weißt du?", sagte Linda und setzte sich erst mal auf eine der Bänke. „Wieso hast du so lange gebraucht?", fragte Wallace. Immerhin war sie tatsächlich sehr spät eingetroffen, wenn er seinem Zeitgefühl vertrauen konnte. „Ich hatte ein paar Schwierigkeiten überhaupt zum Tor zu gelangen. Diese Stadt ist einfach viel zu überfüllt, sag ich dir …", sie streckte sich und legte die Hände hinter den Kopf. Dann sagte sie: „Ich bin froh, dass unser Plan hier auf das Schiff zu kommen, so gut geklappt hat. Ich habe schon mit Albert gesprochen, wir legen schon so bald wie möglich ab – einer seiner Leute ist noch an Land, doch dann geht es schon los." Plötzlich fiel es Wallace wieder ein: „Ich war hier bei einer meiner Traumwanderungen. Jemand hat über schlechtes Wetter gesprochen, weshalb die Reise noch länger dauern könnte … bist du mit diesem Schiff gekommen?" „Ich … ja, bin ich." Wallace verwunderte dies so sehr, dass er ein wenig taumelte und sich setzen musste, um nicht umzukippen. Linda sah ihn stirnrunzelnd an. „Was ist denn los, Wallace?" Dann erzählte er ihr von seiner Gefangenschaft, die ihm die Kraft aus dem Leib gesogen hatte, von dem Tag, an dem er an das Tageslicht geholt worden war, von seiner Fähigkeit, die in Verbindung mit seiner Abstammung stand und wie Balimor ihn hätte trainieren wollen, für den Zweck des Schutzes des Landes. Doch, im Nachhinein, fühlte er sich, als ob Balimor ihn manipuliert hätte, weshalb er ihr nicht jeden Teil so erzählte, wie er es vielleicht hätte tun können. „Das ist ja unglaublich!", staunte Linda. Wallace fragte: „Ist es das? Balimor hatte mir außerdem erzählt, dass ihr G…" „Kommt schnell, wir brauchen eure Hilfe!", brach ein Seemann herein. „Der Kapitän schickt mich!" Wallace war irgendwie froh, dass er unterbrochen worden war, denn er wusste nicht, ob es gut gewesen wäre, über das Thema ihrer Verwandtschaft zu sprechen. Doch Linda sprang auf und sagte hastig zu ihm: „Wir reden später weiter!" So stürmten sie eilig an Deck und sahen auch schon, weshalb der Kapitän sie hatte rufen lassen. Einige seiner Leute waren in einen Kampf mit einer Gruppe von Wachleuten verwickelt, die vermutlich auf der Suche nach Wallace gewesen waren. Sofort zog Linda ihre Dolche, die noch immer an ihren Gürtel befestigt waren und stürmte vom Schiff hinunter und Wallace tat es ihr gleich. Zwar hatte er bei weitem nicht mehr die Kraft wie vor seiner Gefangenschaft, trotzdem würde es reichen, um zu helfen. Einer der Seeleute schrie auf, die Wache schien ihn am Unterschenkel erwischt zu haben, doch dank der

Unterstützung der beiden waren die Wachen nun in der Unterzahl. Linda konnte einen der Wachleute mit einem blitzschnellen Stich in den Arm soweit außer Gefecht setzen, dass sie ihn in das Hafenbecken stoßen konnte. Das Gefecht war schneller vorbei als gedacht, da Wallace gemeinsam mit einem Seemann einen der Wachen einen Schlag in die Niere verpasste, während der andere seinen Knüppel auf dessen Schulter niederkrachen ließ. Die übrigen beiden Wachen versuchten gar nicht weiter ihr Glück und liefen davon. Einige Schimpfwörter von den Seeleuten bekamen sie noch nachgeworfen und schon rief der Kapitän sie auf das Schiff zurück. Es schien allen klar zu sein, dass sie hier nicht mehr lange bleiben konnten. Hektisch liefen die Leute des Kapitäns umher. Am Pier hatte sich eine Menge Schaulustiger versammelt, die den Kampf beobachtet hatten. Linda versuchte sich gerade um das Bein des Verletzten zu kümmern und Wallace konnte nichts tun, außer den anderen bei der Arbeit zuzusehen. Während zwei Seeleute den Anker lichteten, kümmerten sich die anderen darum die Segel vorzubereiten. Alles ging sehr schnell, sie schienen bereits sehr geübt darin zu sein. „Wir müssen aus dem Hafenbecken rudern!", schrie der Kapitän und so fand Wallace doch noch seine Aufgabe. Gemeinsam mit ein paar anderen schnappte er sich eines der Ruder und nachdem sie sich etwas vom Pier abgestoßen hatten, fingen sie an in Richtung der offenen Weite des Sees zu rudern. Mit jedem Mal ziehen zitterten die Arme von Wallace mehr. Es war ein sehr anstrengender Kraftakt ein Schiff dieser Größe mit weniger als einem Dutzend Leute zu beschleunigen. Hinter ihnen waren einige

Rufe zu hören, doch er versuchte sich nicht darauf zu konzentrieren. „Sehr gut, Männer! Nicht mehr lange und wir segeln!", rief der Kapitän ihnen zu. Wallace konnte sehen, dass er nicht der einzige der Ruderer war, der bereits ziemlich erschöpft war. Auch seinem Vordermann schien langsam die Kraft auszugehen, da er sich sehr dagegenstemmen musste, um das Ruder zu ziehen. „Nur noch wenige Schiffslängen, dann lasst die Segel fallen! Auf mein Kommando!", rief abermals der Kapitän über das Schiff. Noch einmal zog Wallace mit ganzer Kraft und hörte dann das erlösende: „Segel setzen!" Er holte das Ruder ein, welches klitschnass war und wandte sich dann in Richtung Seeburg. Der Wind in den Segeln versetzte ihnen eine hohe Geschwindigkeit und die Stadt wurde immer kleiner. Er war entkommen.

Kapitel 6 – Auf dem Mehrensee

„Guten Morgen, Wallace", sagte Linda mit einem Lächeln, welches man schon in der Stimme erahnen konnte. Es war der nächste Morgen, nachdem sie aus Seeburg geflohen waren. Wallace spürte diese Flucht in jedem seiner Knochen und vor allem in seinen Beinen. Gerade aufgewacht, aber doch schon ausgelaugt. Es fühlte sich merkwürdig an. Alles fühlte sich merkwürdig an. Er war so lange in der Obhut Balimors gewesen, so lange hatte er Linda nicht gesehen, so lange hatte er die Außenwelt von nahem nicht gesehen. Das erste Mal fühlte er sich wieder, als wäre er ein freier, wenn auch erschöpfter Mensch. „Guten Morgen, Linda", gähnte Wallace und streckte sich, während er sich aufrecht hinsetzte. Er rieb sich den Schlaf aus den Augen und stand dann allmählich auf. Doch seine schmerzenden Gliedmaßen machten ihm das alles nicht so einfach, wie er das gerne gehabt hätte. Linda bot ihm ihre Hand an, welche er auch annahm und sie stützte ihn beim Aufstehen. „Der Sprung aus dem Fenster hat mir nicht gerade gutgetan", meinte Wallace zu Linda und zog sich dabei sein Gewand über. Danach gingen sie gemeinsam auf das Deck. Es war früh und die Luft kühl, sodass Wallace leichte Gänsehaut bekam. Doch das Wetter war schön und der blaue Himmel fast völlig wolkenlos, weshalb sie nur sehr wenig Wind in den Segeln hatten. „Wie ich sehe, seid ihr wach", sagte der Kapitän und kam auf sie zu, „Ich denke, wir haben einiges zu besprechen.

Folgt mir." Ohne ein Wort zu wechseln folgten die beiden. Sie gingen durch die Kajüte zu dem einzigen Raum, in dem sich Wallace noch nicht aufgehalten hatte. Der Käpt'n öffnete die Tür zu seiner Kajüte und ließ Wallace und Linda eintreten. Danach setzte er sich auf einen schlichten Stuhl, der am Ende des Raumes stand und bot beiden auch einen Platz an, der gegenüber von ihm war. „Ich bin froh, dass wir entkommen konnten", sagte er. „Doch würde ich gerne wissen, warum ich nun vermutlich nie wieder in Seeburg anlegen kann?" Wallace fühlte sich sehr schuldig und hätte nicht gewusst, was er sagen soll. Zum Glück übernahm Linda das Wort: „Wallace ist ein sehr guter Freund von mir, der widerrechtlich vom Grafen von Krähenhain", Wallace Augen blitzten bei ihrer Erwähnung von Balimor, „über viel zu langer Zeit festgehalten wurde, vermutlich um seinem Zwecke zu dienen. Aus welchem Grund auch immer, er wollte ihn, seinen eigenen Worten nach, anscheinend für den Schutz des Landes für sich behalten." Als der Käpt'n die Augenbraue hochzog, fuhr sie fort: „Ich weiß auch nicht, was das soll. Aber mehr kann ich nicht sagen." Nach einer kurzen Pause meinte der Käpt'n: „Du schuldest mir einen Gefallen, Linda." Sie nickte. Er hatte es in keinem bösartigen Ton geäußert, doch man spürte den Nachdruck der Aussage. „Wieso hattest du nichts bei unserer Reise hierher erzählt?", fragte er, mit ehrlicher Neugier in der Stimme. „Weil ich eigentlich nicht wollte, dass du und deine Mannschaft in diese Misere gebracht werdet. Ich bin dir doch schon dankbar, für alles was du sonst für mich getan hast." Das nahm er so hin. Er schien alles in allem ein umgänglicher Mensch zu sein, dachte sich Wallace. „Doch", sagte dann der Käpt`n plötzlich, „weshalb habt ihr nie erwähnt, dass du, Wallace, nicht von hier bist?" Wallace lief es kalt den Rücken runter. Wenn es Linda ihm nicht gesagt hatte, woher hätte er das dann wissen können? Wallace sah zu Linda, welche eine leichte Blässe im Gesicht aufwies. Sie schien es ihm tatsächlich verheimlicht zu haben. „Ich -", wollte er gerade beginnen zu sprechen. „Linda, vertraust du mir denn nicht?", fragte der Käpt`n und sie antwortete: „Doch. Wohl aber dachte ich, dass es einfacher wäre, es nicht zu erwähnen. Immerhin ist es keine gewöhnliche Sache." „Das ist es in der Tat nicht. Du musst wissen, dass ich ein Auge für solche Dinge besitze. Es … liegt mir im Blut", den letzten Satz betonte Silberhand vielsagend, was Linda ihre Stirn in Falten legen ließ. „Doch so erschließt sich mir auch die Wichtigkeit der Rettung, ohne dir zu nahe treten zu wollen, Wallace, doch solche Unternehmungen sind immer mit einem hohen Risiko verbunden." Wallace verstand voll und ganz. Der Kapitän eines Schiffes sollte nicht grundlos seine Mannschaft aufs Spiel setzen, zumindest dachte er, dass dies wohl so sei. „Ich bin froh, dass wir alle wohlauf sind. Linda, ich muss noch ein paar Wörter unter vier Augen mit Wallace wechseln." Linda stand auf und tätschelte Wallace stärkend auf die Schulter und schlüpfte dann durch die Tür aus dem Raum. Der Käpt`n wartete noch eine kurze Zeit im Schweigen, vermutlich um zu lauschen, ob sie auch wirklich wegging. Als er sich dessen versichert genug zu fühlen schien, sah er Wallace an. „Auch wenn Linda es nicht weiß, sie hat dieselben Fähigkeiten, wie auch schon die anderen Adeligen aus Krähenhain", überraschte er Wallace. Wallace wusste nicht, wie er darauf reagieren sollte, was er zum Glück auch nicht musste, denn Silberhand fuhr fort: „Vermutlich in keiner so ausgeprägten Form, da ihre Mutter keine solchen Fähigkeiten besaß. Aber Linda hat sie. Wenn auch untrainiert, aber vorhanden sind sie. Sie kennt ihre Herkunft, doch nicht was damit noch alles zusammenhängt." „Was für Fähigkeiten meinst du?", fragte Wallace neugierig. „Balimor kann mit dem Geist kommunizieren und ihm lauschen." „Mehr als das. Er kann dich Dinge glauben lassen, die du sonst nicht geglaubt hättest. Er kann nicht nur deine Gedanken lesen, er kann sie manipulieren. Zumindest hört man, dass er einer der Fähigeren aus seiner Dynastie zu sein scheint." „Gedanken manipulieren ...", sagte Wallace und dachte über die Zeit in Seeburg nach. Mit dem Fokus auf manipulierte Gedanken zurückzudenken, fühlte sich an, als würde er mit einem spitzen, aber kleinen Gegenstand sein Gehirn durchbohren. „Versuch es erst gar nicht", sagte Silberhand zu Wallace, der mit verzwickter Miene vor ihm saß, „Die Wirkung sollte außerhalb seiner Reichweite nach und nach weniger werden. Vielleicht wird es dir dann auffallen." „Woher weißt du das alles?", fragte Wallace neugierig. „Ich kenne viele Leute und ich komme viel herum. Außerdem liegt es in meinem Interesse zu wissen, was die Mächtigen so treiben", meinte er im düsteren Ton. „So kann ich immer auf der Hut sein." Wallace nickt langsam, als würde er genau verstehen, was der Käpt`n damit meinte und sah dann leicht betreten auf den Boden. „Das war es erst mal für heute, denke ich. Danke für deine Zeit, Wallace." Wallace stand auf und wollte gerade zu Tür gehen, da fügte der Kapitän noch hinzu: „Ach ... und wenn du nicht willst, dass Graf Balimor dich aufspüren kann, dann lass deine Fähigkeit unbenutzt." Wallace bedankte sich für seinen Rat und ging dann letztendlich bei der Tür hinaus, wobei er der grimmig aussehenden Rovana über den Weg lief, die seine Begrüßung nur halbherzig erwiderte. Zwar fand er es merkwürdig, doch er dachte nicht allzu lang über ihre Stimmung nach und trat hinaus auf das Deck, auf welchem es mittlerweile durch den Schein der Sonne angenehm warm geworden war. Es herrschte immer noch eine Flaute, weswegen die Leute vom Kapitän nicht viel zu tun hatten. Eine Gruppe würfelte miteinander, andere machten ein Nickerchen. Linda entdeckte er beim Bug, wo sie stand und in das Wasser blickte. Gemächlich ging er zu ihr hin und fragte dann, als er hinter stand: „Sieht man etwas?" Sie erschrak leicht und Wallace entschuldigte sich, denn er hätte sie natürlich nicht erschrecken wollen. Nach einer Weile des Schweigens raffte Wallace seinen ganzen Mut zusammen und fragte sie die Frage, die er ihr schon die ganze Zeit über stellen wollte: „Wieso hast du mir eigentlich nie gesagt, dass du Balimors Halbschwester bist?" Linda zuckte bei der Erwähnung dieser Tatsache zusammen und es schien ihr augenscheinlich unangenehm zu sein, dass er dieses Thema aufgriff. Mit einem Seufzen antwortete sie: „Unrechtmäßige Halbschwester. Ich bin ein Bastard, Wallace. Es hat keine Bedeutung für mich. Also tut es nicht viel zur Sache." Zwar war ihm nicht wohl dabei seine Freundin mit diesem Thema zu quälen, doch er hätte nicht restlos seine Zweifel – eingeflößt von Balimor selbst – beseitigen können. Interessant war, dass der Kapitän die Wahrheit gesagt hatte. Sie war sich der Tatsache anscheinend nicht bewusst, dass sie, ebenso wie er selbst und vermutlich jeder andere mit nur einem Teil von adeligem Blut in seinen Adern, Fähigkeiten besaß. „Und du willst also nicht nur persönliche Rache an ihm üben?", fragte Wallace hoffnungsvoll. „Doch, das will ich", antwortete Linda entschlossen. Wallace war überrascht über diese schnelle, ehrliche Antwort. „Egal was dir ... Balimor", sie sprach den Namen mit Verachtung aus und sie wirkte so eisern wie noch nie, „über mich oder meine Motive erzählt hat, er wollte dich damit bloß beeinflussen. Er ist schuld an dem Verschwinden und dem Tod meiner Mutter, er allein hat Schuld an all den Dingen, die dir zugestoßen sind, er ist korrupt, er ist ein Heuchler, er ...!" Mit jeder weiteren für Wallace wahren Anschuldigung wurde sie lauter und aggressiver in ihrer Sprechweise. So hatte er Linda noch nie gesehen. Die Leidenschaft kannte er, doch der Zorn, der der eines mit Unrecht behandelten war, der war ihm neu. „Hast du den vergessen, was wir in Erenport sahen? Das war sein Werk!" Erenport! Als hätte Linda eine Quelle sprudelnder Erinnerungen in sein Gedächtnis geöffnet: die verlassene Stadt, die zerstörten Häuser ... war das ein Teil seines Geistes, den Balimor verriegelt hätte? Es musste so sein. Wie sonst hätte er ihn so leicht auf seine Seite bringen können, wenn auch nicht nachhaltig? Linda hatte wohl bemerkt, dass sich einige der Leute auf dem Schiff kurzzeitig zu ihr umgedreht hatten und wahrte wieder ihre Fassung. „Es tut mir leid, Linda! Ich habe es nicht vergessen ... Balimor! Er hatte meinen Geist wohl unter

Kontrolle, ich ...", er fasste sich auf die Stirn. So verwirrt hatte er sich schon seit langem nicht mehr gefühlt. „Das ist nicht deine Schuld, Wallace, ich weiß das", versicherte ihm Linda wohlwollend. Betreten sah er auf das Wasser, in dem sich der Himmel und das Schiff spiegelten. „Weißt du, was die offizielle Begründung für den Ruin von Erenport ist?", fragte Linda ihn nach einer Weile, natürlich ohne eine Antwort abzuwarten. „Man hat verkünden lassen, dass eine Krankheit ausgebrochen war und bevor man sich um Hilfe bemühen konnte bereits alle gestorben waren." Wallace grübelte kurz. „Ist das denn so unwahrscheinlich?" Linda schnaubte: „Erinnere dich, wie die Stadt ausgesehen hat. Erinnere dich, was für eine Art Mensch Balimor ist. Wäre es eine Krankheit gewesen, dann wäre sie doch auch woanders aufgetaucht." „Was denkst du denn? Warum hätte er es tun sollen." „Wenn du mich fragst, ist das ganz offensichtlich. Balimor ist gierig. Gierig, nach all jenem, nach dem man gierig sein kann, wie es scheint. Als Wächter der äußeren Lande ist es nun seine Stadt, denn das Adelshaus aus Erenport starb mit seinen Bewohnern. Ich denke, er hat diesmal einen Fehler gemacht. Denn was ist schon eine Stadt ohne ihren Bewohnern?" Wallace nickte bedächtig und wollte dann wissen: „Was ist jetzt aus der Stadt geworden?" Linda verschränkte die Arme. „Viel scheint sich nicht zu tun. Zumindest reden die Leute darüber nicht. Ich war nicht nochmal dort." Er wusste nicht, was er davon halten sollte, wusste nicht, wem oder was er noch glauben konnte. Balimor und Linda standen sich – in seinem Kopf wie auf einem Schlachtfeld – gegenüber und warteten nur darauf, den letzten

Schlag auszuführen. Doch er stand zwischen den beiden und musste für sich selbst entscheiden, wer das Recht dazu hatte, den Streich zu vollziehen. Da kam ihm die Erinnerung an seine Wiedervereinigung mit Linda, wie sie über der Küchenfrau gebeugt stand, weshalb er fragte: „Die Dame aus der Küche, hast du sie …?" „Ich hab' sie ohnmächtig gemacht – was dachtest du denn bitte?", kam empört von Linda zurück. „Nichts. Ich wollte mir nur sicher sein." Sie hätte es tun können, vielleicht tun müssen, tat es aber nicht. Dieser innere Konflikt machte ihn wütend. Wütend auf sich, wütend auf Lovdien, wütend auf das Schiff, auf dem er sich befand. Er konnte den Zorn kaum kontrollieren und als er ihn richtig bemerkte, fürchtete er vor sich selbst. Was genau ließ ihn denn so wütend werden? Seine Unfähigkeit, Linda zu vertrauen? Wie oft hätte er sich noch selbst versichern müssen, dass sie ihm nie Leid zugefügt hatte, aber Balimor schon. Er müsse sich zusammenreißen. Sie beide müssten zusammenhalten. Sie beide würden gemeinsam etwas unternehmen müssen. „Denkst du, dass er uns suchen wird, Linda?", fragte Wallace, nachdem er noch eine Weile auf das Wasser geblickt hatte. „Darauf kannst du dich verlassen", kam ihre Antwort in einem ernüchternden Ton. Wallace rückte nun etwas näher zu ihr. Sie war es, die das Risiko auf sich genommen hatte, in eine Stadt zu kommen, die von ihrem Halbbruder kontrolliert wurde und dann auch noch in dessen Nähe zu gelangen, um ihn, Wallace, zu befreien! Das ging über jeden freundschaftlichen Dienst hinaus. Sie beide teilten sich ein Schicksal, wie es schien. „Wir müssen unser Schicksal in die Hand nehmen", sprach Wallace abgeschweift seinen Gedanken aus. „Was meinst du damit?", wunderte sich Linda, die es gehört hatte. Davor war es ihm gar nicht bewusst gewesen, dass er seine Gedanken laut ausgesprochen hatte. „Ich … ich meine, dass wir uns wohl kaum ewig verstecken können. Nicht vor ihm", erwiderte Wallace unsicher. „Was schlägst du denn vor, dass wir tun sollen? Tiefer in das Königreich vordringen? Lovdien ist riesig. Ich selbst bin noch nicht so weit gekommen. Aber vielleicht könnten wir uns dort freier bewegen." Er wunderte sich, dass Linda einen solch harmlosen Vorschlag machte. Nein, das war nicht das, was er im Sinn hatte. Wallace sah sich um, wollte sicher gehen, dass niemand sie belauschen würde. Die Seeleute trieben noch immer dasselbe wie schon zuvor. Sie würden es wohl kaum mitbekommen. „Wir sollten ihn töten", sagte er und entdeckte die geweiteten Augen bei Linda. Weshalb er fortsetzte: „Zuerst traf ich auf meiner Reise auf Theren, den Bauernjungen, der mir von der Ungerechtigkeit und der Gewalt erzählte. Ich sah, was die Leute vom … Wächter der äußeren Lande machten. Wir sahen die verwüstete Stadt. Ich sah, wozu Balimor fähig ist und ich denke, dass das nur die Oberfläche seiner tatsächlichen Machenschaften ist. Er tat dir Unrecht, sowie mir. Wäre es nicht besser, für viele, wenn er einfach nicht mehr da wäre?" Das alles sagte er in gesenkter Stimme. Linda starrte eine Weile in die Leere. „Wenn ich ehrlich bin, Wallace", sie wandte sich zu ihm um, sodass sie sich sehr nah gegenüberstanden, was ihn dazu veranlasste einen kleinen Schritt zurückzugehen, „Gewünscht habe ich mir das schon seit langem und oft. Immerhin ist er der Schuldtragende des Todes meiner Mutter." Nachdem sie das gesagt hatte ließ sie ihren Kopf leicht in den Nacken fallen und verschränkte ihre Arme. „Doch ist es denn die Lösung, die unsere Situation verlangt? Oder würde nur jemand anderes nachkommen, eben so schlimm oder schlimmer als Balimor? Du spielst hierbei eine große Rolle, weißt du das eigentlich?" Wallace sah sie fragend an, da er nicht wusste worauf sie hinauswollte. Sie schien ahnen zu können, dass er nicht verstand, was sie meinte und fuhr fort. „Bevor du nach Krähenhain gekommen bist, ignorierte er mich einfach, meine ich. Ich war keine tatsächliche Gefahr für ihn. Nun, das wird sich mittlerweile geändert haben", sie lachte ein wenig. Dann sagte sie: „Er wollte vermutlich nicht, dass du mit mir in Kontakt kommst, das war bestimmt Zufall. Er holte doch dich, er rief dich, für seine Zwecke. Das wiederum war kein Zufall." „Ich weiß aber immer noch nicht, warum er mich, gerade mich, brauchen sollte", meinte Wallace. Dann, um nochmal auf das Thema zurückzukommen, sagte er: „Also. Was sollen wir tun?" „Nun, da ich darüber nachgedacht habe, scheint es, dass du recht hast Wallace. Vielleicht wäre es besser, wenn wir die äußeren Lande von Balimor befreien." Wallace nickte kräftig. Er war froh, sich mit ihr, wie es schien, auf eine Lösung geeinigt zu haben. „Wäre es möglich, dass wir uns auf einen Sitzplatz begeben? Meine Beine schmerzen mir fürchterlich", sagte er und stützte sich dabei an der Reling ab.

Im Laufe des Tages hatte sich das Wetter verschlechtert, große Wolken zogen sich am zuvor noch blauen Himmel zusammen und bildeten eine Front aus weiß, wodurch das Schiff allmählich wieder an Fahrt gewonnen hatte. Der Kurs war kein bestimmter, viel eher schien der Kapitän Routen zu umschiffen, die auch von königlichen Schiffen benutzt wurden. Die Mannschaft, die nichts zu tun hatte, hatte sich in der Kajüte zusammengefunden, um dort ihre Aktivitäten fortzusetzen. Bisher hatte Wallace nicht viel mit ihnen geredet und, wenn er sich ehrlich war, hatte er auch nicht wirklich Lust darauf. Zu sehr war er in seinen Gedanken versunken und saß auf einer Pritsche, mit dem Kopf auf den Händen abgestützt. Auch wenn er noch nicht lange auf dem Wasser war, es kam in ihm allmählich das Gefühl hoch, als wäre er wieder im Verlies in Seeburg. Linda schien gerade mit dem Käpt`n ein langes Gespräch zu führen, denn sie war vor einiger Zeit in sein Zimmer gegangen. Wallace lehnte sich zurück und schloss seine Augen. Eine kurze Vorstellung einer möglichen Zukunft im Ulmerreich gemeinsam mit Linda war ihm durch die Gedanken gehuscht und er überlegte, ob dafür denn eine Möglichkeit bestand. Das eine Reich wusste nichts vom anderen, so undurchdringlich war der unendliche Wald gewesen. Aber er konnte ihn – wohl nicht bei Sinnen – durchqueren. Woran sollte es also scheitern, wenn er ein zweites Mal mit Linda gemeinsam dieses Wagnis anstrebt? Wenn sie es schaffen könnten, dann hätten sie ihren Frieden und das nicht nur vor Balimor. Soweit sich Wallace erinnern konnte war das Leben, seiner persönlichen Probleme ungeachtet, daheim besser gewesen. Wäre das nicht auch ein besseres Leben für Linda? So sinnierte er vor sich hin, mit immer noch geschlossenen Augen und lauschte der Mannschaft, wie sie bei einer Partie

17 vom Maat wiederholt geschlagen wurden. Nach einer Weile hörte er Schritte auf sich zukommen und er öffnete seine Augen wieder. Linda stand vor ihm und sah sehr nachdenklich aus. „Was ist los, Linda?", fragte Wallace besorgt und rutsche ein wenig auf seiner Pritsche, um ihr Platz zu schaffen. Er bot ihn ihr mit einer Handgeste an. Sie nahm das Angebot an und platzierte sich neben ihn, weshalb er sich nach rechts wandte und um sie besser ansehen zu können ohne sich merkwürdig verdrehen zu müssen, stellte er seinen rechten Fuß auf der Pritsche ab. Linda schnaufte einmal fest und ließ ihre Schultern sinken. Alles in allem, dachte sich Wallace, ein sehr niedergeschlagener Eindruck. „Ich habe mit dem Kapitän über unsere Idee gesprochen, weil ich ihm vertraue und seinem Rat ebenso. Er ist zwar der Ansicht, dass es natürlich einige Probleme – für sehr viele Menschen – lösen könnte, wenn wir Balimor töten würden, doch vermutlich gerade für uns würde es nur noch mehr Probleme erschaffen", erzählte sie ihm und lehnte sich dann zurück. „Vermutlich müssten wir dann erst recht immer im Verborgenen bleiben, denn wenn erst einmal eine Person von solch einem Rang getötet wird, dann zeigt vermutlich auch das Königshaus sein Interesse solche Personen wie uns zu finden." Für Wallace sah sie so aus, als würde sie mit sich selbst ringen. Das brachte ihn zum Schmunzeln, denn so hat er wahrscheinlich für Linda die meiste Zeit ausgesehen, vermutete er. „Sieh her", fing er an zu sprechen. „Ich weiß, dass das vielleicht etwas verrückt klingt – obwohl, nach allem was wir schon gesprochen haben ..." Beide mussten kurz lachen, vermutlich an dasselbe denkend. „Wie auch

immer. Kurz bevor du vom Käpt'n zu mir gestoßen bist, kam mir ein Gedanke. Was, wenn wir gemeinsam den unendlichen Wald durchqueren?" Sie setzte sich so schnell auf, dass Wallace dachte, sie würde nach vorne kippen. Mit einer halb entsetzten, halb ungläubigen Miene sah sie ihn an und sprach: „Wie ... wie stellst du dir das vor?" Bei seinem vorherigen Vorschlag, dachte sich Wallace irritiert, hatte sie milder reagiert. „Es ist ja nicht so, als wäre es nicht möglich, oder?", er betonte den Satz vielsagend, da er die Befürchtung hatte, sie hätte bereits verdrängt, woher er kam. Nach einer Pause fügte er hinzu: „Aber wir wären sicher. Auch vor einem König. Vor allem vor dem wir hier in Lovdien nicht sicher gewesen wären." Wallace versuchte beim Reden seine Stimme gesenkt zu halten, da er abermals die Befürchtung hatte, dass jemand zu neugierig sein könnte. „Aber ... denkst du denn, es wäre noch einmal möglich?", fragte sie mit hörbarer Sorge in der Stimme. „Ich weiß es nicht. Woher auch, ich kann mich nicht mal wirklich erinnern. Aber es ist eine Tatsache, dass es möglich ist. Was ist dir lieber? Verstecken oder mögliche Freiheit?", sprach er mit leichter Leidenschaft. Doch Linda antwortete nicht sofort. Sie schien tatsächlich innerlich abzuwägen, für was sie sich entscheiden sollte. Immerhin, das war Wallace klar, war das keine kleine Entscheidung. Doch ihm fiel auf, dass er sie anscheinend schon getroffen hatte. Für ihn war es schon beschlossen oder zumindest fühlte es sich für ihn so an, als hätte er den ersten Schritt in diese Richtung schon lange getan. Nach einer ewig anmutenden Weile, fing Linda doch an, ihm zu antworten: „Mir scheint, als wäre es tatsächlich eine Lösung, die erstrebenswert wäre. Doch leider habe ich die Sorge, dass wir es nicht schaffen, den Wald zu durchqueren. Ich meine, es gibt doch einen Grund dafür, dass er so benannt worden ist? Außerdem treiben sich doch größtenteils bloß irgendwelche Halsabschneider in den lichteren Bereichen des Waldes herum." „Und du hältst es für wahrscheinlicher, dass wir den Rest unseres Lebens versteckt verbringen können, ohne jemals gefunden zu werden?", erwiderte Wallace stürmisch. Linda wandte sich ein wenig ab und sagte dann: „Nein, du hast recht." Also, dachte er sich, würde sie mitkommen? Mit in die Heimat? „Was also werden wir jetzt tun, Linda? Wir haben einige Möglichkeiten", sagte er und stütze seinen Kopf mit seinen Händen ab. Sie erwiderte: „Ich denke, wir sollten nochmals mit dem Käpt'n reden. Nun, da wir eine Option hinzugewonnen haben, könnte er eventuell auch neue Erkenntnisse für uns haben. Du musst verstehen, dass es für mich keine leichte Entscheidung darstellt." „Keine Sorge", sagte Wallace, „Mir geht es nicht anders."

„Durch den unendlichen Wald, zurück in die Heimat von Wallace ...", überlegte der Kapitän und strich sich dabei gemächlich über seine Bartstoppel. Er ging vor den beiden, die auf Stühlen saßen, auf und ab, so sehr schien er in Gedanken versunken zu sein. Wallace und Linda warteten geduldig auf seine Einschätzung. Er könnte sie immerhin, dank seines Schiffes, dachte sich Wallace, überall hinbringen, wo sie hinmussten, soweit das Wasser reichte. „Das klingt, als wäre es die einzige Lösung, die ein nachhaltig gutes Ende verspricht. Auch, wenn sie wagemutig ist. In der Lage, in der ihr seid, seid ihr nun mal. Daran lässt sich nicht mehr viel ändern. Doch, würdet ihr eure … Aufgabe mit Balimor erledigen und dann nie wieder gesehen werden … Linda, ich würde dich einfach gerne in Sicherheit wägen. Das bin ich deiner Mutter einfach schuldig. Wallace, dich natürlich auch", sprach er dann, ohne sein Gehen zu unterbrechen. Er sagte zu ihnen gerichtet: „Für mich, wenn ich ehrlich sein soll, sehe ich keine andere Möglichkeit, wenn ihr sicher gehen wollt, auch nochmal in Frieden leben zu können." Dann blieb er stehen und sah beide durchdringend an. Wallace hatte nicht unbedingt das Bedürfnis zu sprechen und wartete ab, bis der Kapitän fortfuhr und Linda schien es ihm gleichzutun. „Tötet ihn. Tötet diesen Hundesohn von Balimor und auch wenn es mich schmerzt dich vermutlich nie wieder zu sehen Linda, ist es besser dich in Sicherheit zu wissen, als immer um dein Wohlergehen zu bangen. Doch könnt ihr, wie es mir nach Wallaces Geschichte scheint, nicht in Sicherheit leben, solange Balimor lebt. Der unendliche Wald wird jedoch ein leichtes für euch sein, da bin ich mir sicher." Da meldete sich Wallace nun zu Wort: „Aber ich kenne den Weg nicht, Albert. Wir könnten uns verlaufen und nie irgendwo ankommen." Dies tat der Käpt`n einfach ab: „Ich habe die Vermutung, dass Balimor einen Teil seiner Kraft aufwendet, um dir diesen Teil deines Gedächtnisses zu verwehren. Sollte ich recht behalten, dann wirst du dich schon noch erinnern." Wallace war verdutzt. Stand so etwas überhaupt in der Macht vom Grafen? Er würde es ihm zutrauen. Doch er wollte nicht zu viel Zeit damit verschwenden, sich zu Sorgen. Es machte keinen

Unterschied, tun musste er etwas. „Mich sorgt etwas ganz anderes", fing Linda, die die ganze Zeit über geschwiegen hatte, plötzlich an zu reden, „Balimor ist bestimmt nicht schwach und immer von Wachen umgeben. Wie sollten wir ihn bezwingen?" „Das, meine Liebe", sprach der Käpt`n, „kann ich dir leider auch nicht sagen. Das werdet ihr selbst herausfinden müssen, so leid es mir tut."

Ein Regenschauer prasselte auf das Schiff darnieder und man konnte jeden einzelnen Tropfen dabei zuhören, wie er auf das Deck aufschlug. Es war kein schlimmer Sturm, doch es reichte aus, dass sich alle ruhig im Innenraum aufhielten, um nicht allzu durchnässt zu werden. Seitdem die beiden mit den Käpt`n gesprochen hatten, waren einige Tage vergangen, Tage, an denen sie die meiste Zeit damit verbracht hatten sich einen Plan auszudenken, wie ihre Zukunft aussehen würde. Nun schien es, dass sie alles besprochen hatten, was es zu besprechen gab. Sie saßen gemeinsam an einem Tisch, mit den Seeleuten und aßen ein wenig. Nochmals hatten sie ihren Plan dem Käpt`n vorgetragen. Der schlug vor, dass in einigen Tagen irgendwo nordwestlich in der Nähe von Erenport mit einem Ruderboot an Land gehen und dann ihren Plan verfolgen. Wallace blickte zu Linda und lächelte, was sie ebenfalls mit einem Lächeln erwiderte. Er konnte ihr vollends vertrauen, das war ihm nun klar geworden.

Kapitel 7 – Rückkehr nach Erenport

Sie standen sich gegenüber. Nur Kapitän Silberhand und sein Maat Rovana waren zu dieser späten Stunde an Deck gekommen, um sich von Wallace und Linda zu verabschieden. Allen Beteiligten schien klar zu sein, dass es, komme, was wolle, es wohl das letzte Mal sein würde, dass sie sich gegenüberstehen konnten. Natürlich hatte Wallace bei weitem nicht den Einblick, inwiefern Linda mit dem Käpt`n verbunden war, doch seinem Eindruck nach, den er über den kurzen Laufe der Zeit auf dem Schiff erlangt hatte, war er für sie wie ein Vater. Ein Vater, den man um Rat fragen konnte und dessen Urteil ein hohes Gewicht in der eigenen Meinung hatte. Zwar hatte Wallace selbst Rovana nicht oft zu Gesicht bekommen, geschweige denn mit ihr echten Kontakt gehabt, doch schien auch zwischen ihr und Linda eine Verbindung zu bestehen, die er vorher nicht zu erkennen vermochte. Das leichte Plätschern des Wassers verlieh, im Zusammenspiel mit dem Mondlicht, das auf sie fiel, eine für Wallace romantisch anmutende Stimmung, die ihn ein wenig trübsinnig stimmte. „Ich danke dir für alles", sprach Linda zu Albert und fiel ihm in die Arme. Es schien ihr wirklich schwerzufallen, doch hätte sie dies wohl niemals tatsächlich zugegeben. Nachdem sie sich nach einiger Zeit von ihm gelöst hatte, wandte sie sich zu Rovana und umarmte diese ebenso lang wie Albert. Währenddessen bedankte sich Wallace ein letztes Mal aufrichtig bei Albert für seine Hilfe und

Unterstützung, mit der Betonung darauf, dass er ihm das nie vergessen würde. „Kein Problem, Junge", erwiderte der Käpt`n darauf mit leicht krächzender Miene. Wallace hätte im Mondlicht schwören können, dass der Kapitän Tränen in den Augen hatte. Es schien, als ob es ihm, wie Linda, sehr schwerfiel sich endgültig voneinander zu trennen. Als auch die Umarmung mit Rovana zu Ende ging, bewegten sich alle in die Nähe der Reling, dort, wo sie das kleine Ruderboot in das Wasser lassen würden. Auch wenn es klein war, es brauchte wohl vier Leute, um es vom Deck, wo es die meiste Zeit lag, in das Wasser zu werfen. Der Käpt`n hatte ihr Gewissen damit beruhigt, dass er sich und seiner Mannschaft im nächsten Hafen, an dem sie anlegen würden, ein neues Ruderboot zulegen würde. Der Käpt`n war nämlich der Meinung, dass Linda und Wallace es im Moment viel dringender bräuchten, als er selbst. Es wurden keine tatsächlichen Worte mehr gewechselt. Stillschweigend kippten Wallace und Rovana das Boot auf die richtige Seite und nahmen jeweils ein kurzes Stück Seil in die Hand, welches zum Tragen im Boot befestigt worden war. Letzteres taten Albert und Linda ihnen auf der anderen Seite des Bootes gleich und mit einem Ruck und ein wenig Anstrengung hoben sie gemeinsam das Boot gerade hoch genug, dass sie es vom Schiff in das Wasser lassen konnten. Mit einem lauten Platschen und etwas kaltem Wasser, welches das Deck erreichte, landete das Boot erfolgreich im See. Linda und Wallace nahmen jeweils eine Tasche mit allen möglichen Vorräten, die sie vom Schiff mitnehmen durften und ließen sie in das Boot fallen. Danach kletterten Wallace und Linda vom Schiff ins

Boot. Wallace nahm sofort die Ruder in die Hände, denn sie wollten das Ufer bis zum Sonnenaufgang erreicht haben, um nicht mehr Verdacht als nötig zu erwecken. Linda wandte sich nochmals an die beiden auf dem Schiff verbleibenden und verabschiedete sich mit einem einfachen: „Macht's gut." Zwar lächelte sie, doch Wallace konnte sich denken, dass sie gerade nicht glücklich war. Ohne weiteres stieg dann auch Linda herab und setzte sich auf eine der Querplanken, den Kopf auf den Händen gestützt. Wallace sah noch ein letztes Mal hinauf zum Schiff und fing dann an zu rudern. Allmählich entfernten sie sich und er konnte nicht mehr erkennen, ob die beiden noch an Deck, oder bereits in ihre Kajüten gegangen waren. Zwar hätte er gerne mit Linda geredet, doch entschloss er sich dazu, es nicht zu tun. Nun ruderte er einfach durch die kalte Nacht.

Mit einem Knirschen versenkte sich die Spitze des Bootes im Ufer. Die Sonne stand schon wieder unter dem Horizont, brachte so mit ihren hellen Strahlen bereits das erste trübe Tageslicht. Lange hatte Wallace gerudert, vermutlich mehrere Stunden. Doch er hatte es auch gemächlich getan und notwendig war es obendrein. Er fühlte sich zwar ein wenig erschöpft, doch das tat nichts zur Sache für ihn. Linda hatte die gesamte Zeit über nichts geredet, außer der Frage, ob es okay für ihn wäre, wenn sie sich auf der Fahrt noch ausruhen würde. Jetzt war sie bereits wieder aufgewacht und hüpfte mit der Landung ihrer Nussschale am Ufer mit einem grazilen Sprung aus dem Boot in die Uferböschung und hielt es am Seil fest, sodass auch Wallace heraus konnte, ohne in das Wasser zu fallen. Nachdem er, bei weitem nicht so elegant wie seine Freundin, herausgeklettert war, zogen sie beide das Boot etwas mehr an Land, damit es nicht davontreiben konnte und es auch niemand entdecken würde. Auch wenn es unwahrscheinlich war, meinte Wallace zu sich, ein Problemfaktor weniger konnte ihnen in dieser Situation nicht schaden. Nachdem das Werk vollbracht war und man das Boot nur finden würde, wenn man exakt an dieser Stelle danach suchen würde, kletterten sie die am oberen Ende steile Böschung empor. Das lange Gras war noch mit Morgentau überzogen und beide wurden dementsprechend durchnässt an ihrer Kleidung, Händen und Füßen. Oben angekommen wischte sich Wallace seine schmutzigen, nassen Hände an der noch sauberen Hinterseite seiner Hose ab, weil er das Gefühl, nass und schmutzig zu sein, nicht leiden konnte. Linda tat es ihm mit einem leisen Lachen gleich und wischte auch ihre Hände an seiner Hose ab. Er sah sie daraufhin spielerisch verurteilend an, danach gingen sie weiter. Erenport war noch nicht zu sehen, weshalb Wallace fragte: „Was denkst du, sind wir etwas vom Kurs abgekommen?" „So wie es aussieht, ja. Wir werden wohl einen Tagesmarsch vor uns haben." Wallace grummelte. Schon lange war er nicht mehr eine so weite Strecke gegangen. Andererseits war er auch keine lange Strecke mehr gerudert und dennoch hatte er es geschafft. Sie würden den gesamten Tag nicht auf befestigten Straßen gehen können, denn dort könnten auch Gardisten des Königreiches sein. Auch wenn die Gardisten die beiden vermutlich nicht kannten und aufgrund dessen für nicht verdächtig halten würden, wäre es doch wiederum ein Verdachtsgrund, wenn sie zielgerichtet nach Erenport marschieren würden, das war ihm klar. „Einen Fuß vor den anderen setzen ...", sprach er zu sich selbst, als sie durch das Grasland stapften. In der Ferne konnte er die Falkgipfel sehen. Monumental ragten sie empor, was Wallace wieder zum Erstaunen brachte. Die Sonne war bereits über den Horizont geklettert und tauchte das gesamte Land in morgendliche Röte. Für Wallace schien alles zu strahlen. „Wieder finde ich die Landschaft atemberaubend", meinte er zu Linda, um das Schweigen zu unterbrechen. Sie stapften nun bereits eine Weile dahin und hatten kein Wort gewechselt, was auch schon bei ihren vorhergehenden Reisen nichts Ungewöhnliches gewesen war. „Ich kann mir nicht vorstellen, sie nie wieder zu sehen", meinte Linda betrübt. Sie ging ihm voran, ortskundig wie sie war, weshalb er nicht erkennen konnte, welchen Gesichtsausdruck sie machte, doch vorstellen konnte er ihn sich. Vor seinen Augen sah er eine Träne, die sich in eine in das Gesicht hängende, blonde, vom Morgenlicht erstrahlte Strähne verfing ... Er blieb stehen. „Wir müssen das nicht tun, Linda." Sie ging noch paar Schritte weiter, bis sie bemerkte, dass sie wohl alleine weiterging und wandte sich dann um. „Du weißt doch, dass wir keine andere Wahl haben. Es ist nicht deine Schuld", sagte sie zu ihm, mit sanfter Stimme. Er sah ihr dabei tief in die Augen und ging dennoch nicht weiter und sie fügte noch hinzu: „Komm, es ist noch ein weiter Weg." Damit machte sie kehrt und schritt wieder weiter voran. Wallace, der natürlich nicht zurückbleiben wollte und etwas verwundert über das Verhalten seiner Gefährtin war, holte schnell auf und ging dann neben ihr her. Zuerst blickte er ihr nochmals in ihr Gesicht, doch da sie es nicht erwiderte, betrachtete er dann wieder die Umgebung, mit den Gedanken jedoch war er weiterhin bei ihr. Er wollte es nicht ertragen, dass sie sich so fühlen musste. Hätte er gekonnt, dann hätte er schon vor langer Zeit die Uhr zurückgedreht. Wäre er nur nie hierhergekommen. Welch Unheil hatte er verursacht oder wurde seinetwegen verursacht? Was aber, wenn an seiner Stelle einfach jemand anderes gekommen wäre. Balimor hätte doch nicht ihn suchen müssen. „Das Schicksal ist grausam und die Menschen sind schlecht", murmelte Wallace, gedankenverloren. „Der Mann, der das sagte, war ein kluger Mann", meinte Linda dazu leicht schmunzelnd. Er müsse aufhören, Gedanken laut auszusprechen, dachte er sich, sonst würde er irgendwann in Verlegenheit geraten, Dinge auszusprechen, die wirklich nicht für fremde Ohren bestimmt waren. Nach einer Weile des Gehens, in der die Zeit nur so verflog, wenn man darauf nicht achtete, sahen die beiden die Gebäude von Erenport in der Ferne auftauchen. Ein Schauder lief Wallace über den Rücken. Erinnerungen an seinen letzten Aufenthalt kamen hoch, welche ihm irgendwie Furcht einjagten. Nun da er darüber nachdachte, wurde ihm bewusst, dass er große Angst vor der erneuten Begegnung mit Balimor hatte, für die diese Stadt stand. Ihm war klar, dass er keine sehr große Chance haben würde, doch sollte er das auch Linda sagen? Doch, sie musste es wissen. Sie sollte immerhin ebenso von ihren Bedenken berichten. „Ich habe Angst, Linda", sagte er nüchtern, ohne langsamer zu werden, oder eine Miene zu verziehen. „Ich weiß. Ich auch", erwiderte sie ebenso starr. Stur blickte er gerade aus, das Ziel vor Augen. „Hast du auch schon daran gedacht, dass wir es nicht schaffen könnten? Dass er uns eine Falle stellt?", fragte er wiederum. „Ja. Ich habe mir schon vorgestellt, wie er uns quälen könnte. Dich. Mich. Eine Ewigkeit lang." „Sein Verlies ist gar nicht so ungemütlich wie man sich vielleicht denken könnte", sagte Wallace sarkastisch mit einem verschmitzten Grinsen. „Vielleicht dürfen wir uns eine Zelle teilen?" „Das wäre schön", sagte Linda zuerst ernst, dann entwischte ihr ein verzögertes Glucksen. „Egal was passiert", sagte sie und richtete ihren Blick zu ihm, „wir schaffen das schon. Ich glaube an uns." Plötzlich war für Wallace die Trübseligkeit wieder in etwas weiterer Ferne und er konnte hoffnungsvoller, wie er nun war, weitergehen.

Einige Stunden später, sie waren bis auf eine kurze Rast durchgehend weitergegangen, befanden sie sich in nächster Nähe zu den ersten Gebäuden der Stadt. Da die Sonne bereits wieder ihre letzten Strahlen für den Tag aussandte, beschlossen die beiden ihr Nachtlager im nächstgelegenen Waldstreifen aufzuschlagen, von denen es in der Umgebung einige gab. Sie entschieden sich für eines, welches der Straße in die Stadt am nächsten war. Nachdem sie einen geeigneten Fleck gefunden hatten, welcher unter einer großen, alten Eiche mit dichtem Blattwerk war, warf Wallace seine Tasche auf den Boden und setzte sich so schnell hin, dass man auch meinen konnte, er wäre hingefallen. „Ich bin elendig müde", gähnte er und streckte seine Arme von sich und rieb sich dann demonstrativ seine Augen. Linda nahm ihren Platz gegenüber von ihm ein. Eine dicke Wurzel ragte aus dem Boden, welche sie sogleich als Sitzgelegenheit verwendete. „Dann werde ich noch etwas munter bleiben und du kannst dich ausruhen", meinte sie. „Wir haben es nicht wirklich eilig." Er bedankte sich bei ihr, dass sie ihm nun gleich Ruhe vergönnte. Seine Kräfte waren schwindend gering geworden. Doch natürlich hatte auch das nächtliche Paddeln an ihm gezehrt. Welcher normale Mensch würde denn auch freiwillig in der Nacht ein Boot von der Mitte eines Sees aus bis an das Ufer rudern? Vermutlich genauso viele, dachte er sich, die vorhatten den unendlichen Wald ohne Probleme zu durchqueren. Seine Augen hatte er schon längst geschlossen, seinen Kopf auf der Tasche platziert. Alle seine Gliedmaßen fühlten sich so schwer an. Dann fiel ihm plötzlich ein: Was, wenn er nun wieder im Schlaf seine Fähigkeit benutzen würde? Wie sollte er das verhindern? Er war so müde … so müde …

„Wallace wach auf!", sprach Linda zu ihm und schüttelte in leicht an seinen Schultern hin und her. „Der nächste Tag ist schon längst angebrochen und du bist noch immer tief im Schlaf versunken! Langsam reicht es mal." Das alles sagte sie in einem belustigten Tonfall. Wallace grummelte vor sich hin, er fühlte sich, als hätte er unter einem Stein geschlafen. Gerade so noch konnte er die Kraft aufbringen sich aufzurichten und seine Augen zu öffnen. „Na, du siehst aber frisch aus!", meinte sie. „Ha-ha", brummte Wallace zurück und setzte sich hin. Er konnte sich nicht daran erinnern, wann er das letzte Mal einen so unruhigen Schlaf gehabt hatte. Doch freute er sich. Er schien nicht einmal geträumt zu haben. Zumindest konnte er sich nicht daran erinnern. „Du kannst froh sein", fing Linda an, die gerade in ihrer Tasche herumkramte, während er versuchte sich den Schlaf aus den Augen zu reiben, „dass wir heute wohl nicht wirklich viel zu tun haben werden." Das ist wahr, dachte er sich. Sie hatten den Plan gefasst, einige Tage die Gegend zu beobachten, um nicht eine böse Überraschung zu erleben. Lebte tatsächlich wieder jemand in der Stadt? Wie viele Wachleute gab es? Wenn es welche gab, wie oft gingen sie auf Patrouille? Alles Fragen, die sie beantworten können mussten, um gegen Balimor gewappnet zu sein. Wären die anderen Faktoren ausgeschlossen, so waren sich beide sicher, würde der Graf bei weitem weniger übermächtig in Erscheinung treten, als sie eventuell fürchteten. Der Platz neben der Hauptstraße war schon gut geeignet für die Observation, denn so konnten sie abschätzen, wie frequentiert die Stadt denn sei. „Ist denn schon jemand vorbeigekommen?", fragte er Linda. Die Straße lief am nächstgelegenen Punkt in etwa paar dutzend Meter Entfernung an ihnen vorbei, doch man hatte lange vorher und lange danach auch aus dem Waldstreifen einen guten Einblick darauf. „Nein, ich habe niemand gesehen. Alles ist still und unbewegt." Wallace, der sich allmählich immer besser fühlte, stand auf und streckte geräuschvoll seinen Rücken. Linda verzog darauf das Gesicht, sie schien die Geräusche nicht gerade zu mögen. Er ignorierte dies gekonnt und blickte sich nun, da es Tag war, um. In weniger als einer viertel Stunde Fußmarsch hätten sie bereits in Erenport sein können. Für ihn bedeutete das, dass sie, sobald sie sich über die Gegebenheiten versichert hatten, auch schon vordringen konnten. „Was meinst du?", fragte er, während er sich die Umgebung weiter ansah, die ihm unheimlich anmutete. „Denkst du, dass sich jemand tatsächlich in der Stadt befindet?" „Ich bin mir nicht sicher", sagte sie, während sie aufstand und sich neben ihn stellte und in Richtung der zerfallen aussehenden Gebäude sah. „Gestern sah ich kein Licht. Es war wie damals, als wir das erste Mal gemeinsam hierherkamen. Auch da wirkte alles gespenstisch verlassen. Zumindest kann ich mir nicht vorstellen, dass sich jemand freiwillig an einem Ort wie diesem ansiedeln würde." „Das sehe ich auch so. Doch ich habe tatsächlich das Gefühl, dass sich dort hinten etwas bewegt, zwischen den Häusern. Vielleicht Gardisten?", meinte er zu ihr. Er war sich nicht sicher, inwiefern er seinen Augen vertrauen konnte. Doch lieber teilte er ihr eine Vermutung mit, als später in die Arme der vermeintlichen Wachleute zu laufen. Denn eine gute Antwort auf die Frage, was sie in Erenport trieben, hatten sie nicht parat. „Wir werden abwarten müssen um das herauszufinden. Wenn dem so ist, dann fürchte ich, dass wir sie wohl aus der Stadt haben sollten." Zwar konnte er sich denken, was sie mit ihrer letzten Aussage gemeint hatte, doch wollte er sich sicher sein. „Was meinst du, wenn du sagst, dass wir sie aus der Stadt haben müssen?", fragte er mit einem etwas gekünstelten, fragenden Ton. „Du weißt doch genau, was ich meine", antwortete sie mit einem kurzen Blick zu ihm. „Mir wäre es auch nicht wirklich recht, Wallace. Doch sind sie allesamt freiwillig in den Dienst des Königreiches getreten. Es ist nicht unsere Schuld, wenn nun tatsächlich ein Wachposten in Erenport wäre." Wallace nahm es so hin und begab sich zu seiner Tasche, aus der er etwas noch nicht ganz hartes Brot zog, an dem er herumzukauen begann. Ihm war erst in diesem Moment aufgefallen, wie hungrig er war. „Das ist eine gute Idee!", sagte Linda und tat es ihm gleich, die sich wieder auf ihrer Wurzel niederließ.

Gerade als Wallace einen viel zu großen Bissen Brot herunterschluckte, konnte er ein Geräusch in der Ferne wahrnehmen. Er sah zu Linda und sie schien es ebenfalls wahrgenommen zu haben, denn sie legte, mit ihrem Blick auf ihn gerichtet, ihre Speise beiseite und dann ihren Zeigefinger auf ihre Lippen. Auch er stand auf und blickte in die Richtung, in der er die Quelle des Geräusches vermutete. „Da!", flüsterte Linda zu ihm und deutete mit ihrem Finger in die Ferne. Mit leicht zusammengekniffenen Augen folgte er der Richtung, die ihr Deuten vorgab und entdeckte dann, noch weit entfernt, einen Wagen mit schwarzen Pferden vorgespannt. Dieser schien sich mit moderater Geschwindigkeit die Hauptstraße entlangzubewegen. „Ich seh's", gab er Linda Bescheid. Wer sich wohl in diesem Wagen befand? Wer könnte es sein, der freiwillig in diese Richtung fuhr? Eine Weile passierte nichts, doch dann kamen zwischen den Gebäudereihen von Erenport tatsächlich zwei berittene Pferde hervorgeschossen. Wallace zog Linda am Ärmel und wies sie darauf hin. Er hatte sich bei dem Anblick der Wachen beinahe erschrocken. „Es sind also tatsächlich Leute in Erenport!", murmelte Linda, die den Blick nun auf die Reiter fixiert zu haben schien. „Was denkst du, werden sie tun?", fragte er sie leise. Er war sich nicht sicher, doch er hatte den Verdacht, dass sie wegen des Wagens auf der Straße waren. Da sie wesentlich schneller waren, als diese, waren sie mittlerweile schon fast bei ihrem Waldstreifen angelangt. „Ich habe keine Ahnung. Wir sollten das einfach weiter beobachten", flüsterte sie ihm zurück, packte ihn dann, wohl unbewusst, dachte sich Wallace, fest beim Arm, als könnte sie es vor Spannung nicht mehr erwarten. Er ignorierte das unangenehme Gefühl an seinem rechten Oberarm und achtete gespannt auf die Situation. Der Wagen war nicht mehr weit von ihnen entfernt. Die Reiter, wie Wallace von der Nähe erkennen konnte, bei denen es sich dabei tatsächlich um Gardisten des Landes handelte, wohl aber mit einem Wappen, welches er nicht kannte, waren bereits mit donnernden Hufen an ihnen vorbeigaloppiert. „Sollen wir näher ran?", fragte Linda ihn. Er war sich nicht recht sicher, irgendwas in ihm sagte ihm, dass es keine gute Idee wäre. Doch war die Neugier zu groß, so entschloss er sich trotzdem dafür. „Ja, aber seien wir bitte vorsichtig", antwortete er ihr, löste ihre Hand von seinem Arm, wobei Linda währenddessen erst zu bemerken schien, dass sie sich die gesamte Zeit über in ihn verkrallt hatte. Wallace ging dann weiter in Richtung des Geschehens. Beide versuchten sich so schnell wie möglich hin zur Straße zu bewegen, ohne dabei über eine Wurzel oder ähnliches zu stolpern. Bis sie dort angelangt waren, hatten die Reiter den Wagen tatsächlich schon gestoppt. „Was sucht ihr hier?", fragte einer der Gardisten, der gerade von seinem Pferd gestiegen war. Zwar waren sie etwas weiter entfernt, doch er konnte sie, da der Wind günstig zu stehen schien, sehr gut hören. Linda und er hatten hinter einem Strauch ihren Platz gefunden. Wenn sie Glück hatten, dachte sich Wallace dabei, dann würden sie von hier aus die gesamte Situation beobachten können. „Ich fragte Euch, was sucht ihr hier?", fragte der Wachmann nochmals, nun lauter und bereits mit der Hand auf dem Schwertknauf, wenn Wallace seine Augen nicht täuschten. Da der Wagenführer keine Antwort zu geben schien, wurde Wallace zunehmend nervöser. Doch dann stieg jemand aus dem Wagen aus, erhobenen Hauptes. „Wir sind Bürger Erenbruchs auf der Durchreise. Verwandte von mir lebten hier, ich hörte, was mit der Stadt geschah, doch wollte ich es mit meinen eigenen Augen sehen", sprach der Mann, der schütteres Haar zu haben schien. „Jetzt habt' er es gesehen, nun könnt ihr wieder umkehren. Niemand darf die Stadt betreten!", erwiderte der Wachmann mit ungeduldiger Stimme. „Werter Herr, ich wollte doch nur sehen, ob meine geliebte Familie Opfer dieses Schicksals wurde", meinte der Mann aus dem Wagen. Es schien, als wäre es ihm tatsächlich wichtig. Wallace hatte kein gutes Gefühl bei der Sache – er selbst wusste, wie ungemütlich die Wachleute werden konnten. Und, als hätte er es geahnt, spuckte einer der Gardisten, jener der das Gespräch begonnen hatte, vor den Boden des Mannes und zog sein Schwert zur Hälfte aus der Scheide. „Wenn dich nicht auch das Schicksal ereilen soll, dann umfährst du die Stadt entweder, oder du gehst dorthin zurück, wo du hergekommen bist. Des Königs Gesetz ist Gesetz!", schrie er mehr, als er sprach. Er hatte einen aggressiven Unterton, weshalb Wallace zur Linda sah und sie flüsternd fragte, ob sie denn eingreifen sollten. „Ich weiß nicht Wallace", meinte sie zuerst, doch, als sie wohl sah, dass der Mann immer noch nicht aufzugeben schien und nun beide Wachleute sehr unruhig wirkten, ergänzte sie ihren Satz mit einem: „Na gut, du gehst voran!" Also stand er auf und bewegte sich zuerst im Laufschritt den Wald entlang, denn glücklicherweise verlief die Straße an dieser Stelle beinahe parallel dazu. Der Wachmann, der nicht damit beschäftigt war, den Mann einzuschüchtern, konnte wohl ihre Schritte im Unterholz wahrnehmen, als sie gerade mal zwei Dutzend Meter entfernt waren und drehte sich sofort in ihre Richtung um. Zwar blieben beide, Wallace und Linda, kurzzeitig stehen. Doch es hatte wohl keinen Sinn, sich noch weiter zu verstecken. „Ich grüße Euch!", sagte Wallace, während er aus dem Wald heraustrat und hinter ihm gleich Linda. Misstrauisch kam die Wache auf sie zu, auch mit halb gezogenem Schwert. „Was tut ihr hier?", fragte die Wache mit einschüchternder Miene. „Ihr habt hier genauso wenig zu suchen wie die da." Wallace wusste nicht recht, was er sagen sollte und zum Glück sprang Linda für ihn ein. „Wir waren auf Wanderschaft und haben uns verlaufen. Da ihr die ersten Leute seid, die wir sahen, dachten wir, dass wir um Hilfe bitten können", meinte sie. Doch der Wachmann schien ihnen nicht so recht zu glauben und ging nun noch ein paar Schritte auf sie zu. „Ich helf' euch gleich, Schlampe. Ihr habt euch doch hier herumgetrieben!", schrie er sie an und ging wütend auf sie zu. Nun war auch der andere Gardist auf sie aufmerksam geworden und hatte sich zu ihnen gewandt. Wallace sah zu Linda, die ihn mit entschlossener Miene anblickte. Sie schnellte nach vorne und überwand die letzten Schritte in solch einer Geschwindigkeit, auf die selbst Wallace nicht mehr hätte reagieren können. Sie hatte in der Bewegung ihre Dolche gezogen und als sie vor dem Wachmann zu stehen kam, schnitt sie ihm die Kehle mit einer einzigen Handbewegung durch. Er konnte aus Reflex gerade mal sein Schwert ein paar Zentimeter weiter aus der Scheide ziehen und griff sich dann auf seinen offenen Hals, mit weit aufgerissenen Augen, die kalt in Lindas Augen starrten. „Ihr dreckigen Ratten, verreckt!", schrie der Andere wutentbrannt, welcher mit gezogener Klinge auf die beiden zukam. „Nimm dir sein Schwert, Wallace", sagte Linda über ihre Schulter zu ihm. „Ich denke, du wirst es brauchen." Danach machte sie sich auf den Angriff bereit. Wallace hatte sich erschrocken, als das alles geschah. Hatte sie ihm ihr gesamtes Potenzial bisher verschwiegen? Niemals hatte er jemanden sich so bewegen sehen. Natürlich hatte die Wache keine Chance gehabt, da war er sich sicher. Doch nun sollte er das Schwert nehmen. Er hatte zwar schon damit trainiert, doch war es eine Waffe, die ihm missfiel. Allerdings hatte sie recht, er würde sie vermutlich tatsächlich noch brauchen. Also ging er schnellen Schrittes zu dem verblutenden Wachmann und beugte sich nach vorne, um mit einem singenden Geräusch das Schwert aus der Scheide zu ziehen. Bis er das getan hatte, war die andere Wache bereits zu Linda vorgedrungen und versuchte wie von einem bösen Geist besessen auf sie einzuschlagen, doch war sie flink und stark. Wallace blickte an sich hinab und vergewisserte sich, dass er den Schwertknauf richtig in seiner Hand hielt – es war immerhin eine Weile her, seitdem er das letzte Mal ein Schwert gehalten hatte – und stieß dann zu Linda hinzu. Zu zweit diesen Wachmann zu besiegen, dachte sich Wallace, sollte wohl nicht zu schwierig werden. Er schämte sich für diesen Gedanken, doch sie mussten kämpfen. Ein weit ausgeholter Hieb über den Kopf war das erste, das Wallace abwehren musste. Der Gardist schien nicht mehr ganz bei Sinnen zu sein, denn so hatte er seine Deckung aufgegeben. „Der ist doch verrückt!", dachte sich Wallace. Der Hieb traf die Schneide des Schwertes schwer und sein ganzer Körper bebte unter der Wucht des Schlages. Es war ihm, als würden seine Knie mit dem Zittern nicht mehr aufhören. Abwechselnd Linda und Wallace als Ziel wählend, schlug der Mann wie eine Bestie zu, bis zu dem Zeitpunkt, an dem Wallace gerade einen Schlag von ihm mit seinem Schwert in der rechten Hand abwehren und ihm dann mit der linken Hand einen Faustschlag in die Nieren geben konnte, wodurch sein Gegner zu taumeln begann. Linda war sofort zur Stelle und hielt ihm ihre Klingen an den Hals. „Lass deine Waffe los, jetzt!", sagte sie in einem Befehlston. Es war eine anstrengende Sache gewesen, alle drei schienen sehr erschöpft zu sein, denn die Brust des Mannes hob sich stark bei jedem Atemzug. So ließ er schlussendlich sein Schwert fallen, die Niederlage eingestehend. Er sprach nichts, sah Wallace einfach nur mit einer verachtenden Miene an, fast so, als wüsste er, wer Wallace sei. Doch das war unmöglich, der Grund seiner Verachtung war der selbige wie für seine wütenden Angriffe, da war sich Wallace sicher. „Sagt mir", fing Linda an, „wie viele von euch sind noch in der Stadt?" Der Mann schwieg, scheinbar bereit, für das

Enthalten dieser Information das Leben zu lassen. Linda, die noch immer mit ihren Klingen an seiner Kehle hinter ihm stand, drückte ihr Knie so in seine Kniekehle, dass er ein wenig einknickte und somit auf selber Höhe wie sie selbst war. Dann kam sie allmählich mit ihrem Kopf immer näher zu seinem Ohr. Wallace sah ihr gespannt zu, was sie wohl vorhaben könnte. „Uns gefällt es nicht, dies hier tun zu müssen", sagte sie ganz sanft zu diesem Wachmann. „Sag uns, was wir wissen wollen. Bitte." Nun lag der Blick des Mannes das erste Mal nicht auf Wallace. Er hatte die Augen kurz geschlossen und seine Miene wirkte beruhigter als zuvor. Sie standen schon einige Zeit nun so hier, wohl alle mit der Situation überfordert, in der sie geraten waren, wodurch es erlösend erschien, als er endlich sprach. „Es sind ...", er atmete nochmal tief ein und aus, „es sind nur noch zwei weitere Leute in der Stadt. Einmal pro Woche kommt jemand vorbei, um unsere Berichte zu erlangen. Sonst niemand." Für Wallace schien es unwahrscheinlich, dass die Zahl der Wahrheit entsprach, doch wollte er es vorerst nicht kundtun. „Warum sind eure Posten in Erenport?", fragte er ihn stattdessen. „Wir sollen zusehen, dass niemand die Stadt betritt", sprach die Wache und Linda lockerte ein wenig ihren Griff, damit er leichter sprechen konnte. „Doch kaum jemand versucht es überhaupt", sagte er auch noch. Wallace nickte gedankenverloren. Wenn es niemand versucht, sollte es auch keinen Grund geben, mehr Leute in die Stadt zu schicken. Dann kam ihm eine weitere Frage in den Sinn. „Sagt mir, wie ist euer Name?" „Mein Name ist Lemar", antwortete er mit dem Blick auf seine Füße gerichtet. „Sagt mir Lemar ...", fing Wallace an, „kennt ihr Balimor – habt ihr ihn hier gesehen?" Sein Herz pochte in seiner Brust, da er die Antwort gespannt erwartete. Weshalb auch immer schien ihm diese Frage wichtig, sie war ihm gerade durch den Kopf gegangen und er hatte sich eben gewundert, ob ... „Nein. Graf Balimor habe ich selbst noch nie erblickt – schon gar nicht in Erenport." Linda sah verwundert zu ihrem Gefährten, der selbst nur mit den Schultern zuckte. Er wusste auch nicht, was er sich erwartet hatte. Wie von einem Pferd getreten fiel Wallace wieder ein, dass nur wenige Meter weiter sich ein Wagen mit Insassen befand. Ohne weiter über den Wachmann nachzudenken, ging er auf den Herren mit schütterem Haar zu. „Grüße, Herr", sagte Wallace so freundlich wie möglich, welches von dem Fremden, der die ganze Zeit über das Geschehen beobachte, ebenso freundlich erwidert wurde. „Ich habe das Gespräch zufällig mithören können und ich rate euch zur Umkehr. Die Stadt ist verlassen, ich habe es mit eigenen Augen gesehen. Was davon übrig ist, ist zerstört. Nur noch mehr Leute des Königs, welche euch ebenso nicht in der Stadt sehen wollen, könntet ihr vorfinden. Kehrt um." Es schien, als hätte Wallace schweren Eindruck bei dem Mann geschunden, denn dieser bedankte sich bei ihm für die Hilfe seinerseits und die seiner Freundin und wollte auch schon Gold als Entlohnung hervorholen, doch Wallace lehnte ab. „Wir brauchen euer Gold nicht, Herr. Vielen Dank", meinte er zu ihm, nun fast übertrieben freundlich. Wallace wollte nicht, dass sich jemand in der Stadt befand. Tatsächlich nahm der Fremde seinen Rat ernst und befahl seinem Wagenführer wieder umzukehren.

Zwar hatten sie wohl eine lange Reise auf sich genommen, doch Wallace hatte ihnen die Informationen geben können, die sie augenscheinlich haben wollten. Noch eine Weile sah Wallace ihnen mit verwunderter Miene nach, schüttelte dann denn Kopf und wandte sich wieder um, um zu Linda und ihrer Geisel zu gehen. „Ich habe ihm gesagt, dass er, wenn er uns verspricht nicht nach Erenport zurückzugehen, frei ist", sagte Linda, als sie wohl seine Schritte in ihre Richtung bemerkte. „Das hört sich gut an", meinte Wallace dazu. Als wäre das das Stichwort, ließ Linda von ihm ab. Doch keine Sekunde später versuchte der Mann zu einem der Pferde zu laufen und vermutlich aufzuspringen und davonzureiten. Doch abermals spurtete Linda und streckte ihn nieder, diesmal stach sie aber gezielt zu, bevor er sein Ziel erreichen konnte. Er fiel sofort um. „So ein Dreck!", sagte sie wütend. Wallace versicherte ihr gleich darauf, dass sie sich nicht hätte schuldig fühlen müssen. „Wir sollten die Situation lieber zu unserem Vorteil nutzen", meinte er. Sie hatte ihre Hand über das Gesicht gelegt, vermutlich um ihre Empörung zu verstecken und fragte ihn: „Was genau meinst du denn?" „Ich meine, dass wir sie ihrer Kleidung entledigen könnten und statt ihrer damit den letzten Rest nach Erenport reiten. Sollten sich tatsächlich noch mehr Wachleute dort befinden, würden wir zumindest aus der Ferne nicht sofort als Gefahr wahrgenommen werden. Oder hast du eine bessere Idee?" Sie schien eine kurze Zeit nachzudenken, doch mit verzogener Miene gab sie wohl nach einiger Zeit auf. „Ich befürchte, dass du leider recht behältst, Wallace. Nun gut. Aber ich werde mir mein eigenes

Gewand mitnehmen. Ich will nicht gezwungen sein so herumzulaufen." Sie blickte trübsinnig. Mit einem leicht bitteren Lächeln meinte er: „Geht mir nicht anders." Er hasste es, dass sie die beiden Wachen getötet hatten, doch schien es, als wäre ihnen keine andere Wahl geblieben. Vermutlich würden sie am Ende noch mehr Leben beendet haben, als diese beiden. Diese Vermutung bereitete ihm Kopfschmerzen, woraufhin er sein Gesicht verzog. Linda, die das wohl sah, fragte ihn daraufhin: „Was ist los Wallace?" „Nichts. Lass uns einfach anfangen."

Beide waren sie in die Gewandung der Garde geschlüpft, wobei sie für Wallace etwas zu klein und für Linda etwas zu groß war, was sich durch ihre unterschiedliche Statur erklären ließ. Auch Linda hatte keine Antwort auf die Frage, welches Wappen ihre Wappenröcke trugen. Sie meinte, ihr wäre es ebenso fremd wie ihm. „Was machen wir eigentlich, wenn er uns angelogen hat und doch mehr Wachleute positioniert wurden?", fragte Wallace, der gerade unter Anstrengung dabei war sein eigenes Gewand in die Tasche zu stopfen, welche sie im Wald hatten liegen lassen. Linda war schon längst fertig und hatte sich gegen einen Baum gelehnt, um auf ihn zu warten. Sie schien insgeheim über etwas nachzudenken. „Dann werden wir wohl kämpfen müssen", meinte sie trocken. „Was, wenn es zu viele sind? Wenn du mich fragst, bin ich froh, dass wir uns gegen zwei von ihnen behaupten konnten", entgegnete er ihr, der gerade mit der Aufgabe seine Hose in die Tasche zu bekommen am Verzweifeln war. „Dann kämpfen wir trotzdem. Lieber das, als vom Graf gefangen genom-

men zu werden", sie verwendete die Anrede in einem spöttischen Ton. Sonst hätten sie gelacht, dachte sich Wallace, doch waren sie gerade zu ernst, um zu lachen. Er fühlte ein dauerhaftes Unbehagen. Er hätte sie am liebsten danach gefragt, ob es ihr genauso erging. Doch hatte er das Gefühl, dass ihr diese Frage in der Situation unangenehm gewesen wäre. „Endlich!", schnaufte Wallace, der es in diesem Moment geschafft hatte, seine Tasche zu schließen und gleichzeitig sein gesamtes Gewand darin zu verstauen. Prall gefüllt befestigten sie ihre Taschen an ihren jeweiligen Satteln und stiegen dann auf, um loszureiten. Das Wetter hatte umgeschlagen, die meiste Zeit war die Sonne von einer Wolke bedeckt und ein leichter Nieselregen kam auf sie nieder, welcher dann gefolgt von kurzem Sonnenschein wieder verschwand, bis die nächste Wolke auftauchte. Der Wind jedoch war kälter geworden, weshalb Wallace auf seinem Pferd schauderte. „Dann mal los", meinte Linda und trieb ihr Pferd an, welches sich in einem schnellen Schritttempo fortzubewegen begann. Wallace verpasst den Einsatz ein wenig, doch tat es ihr dann gleich und holte sie auch schnell wieder ein, um dann parallel mit ihr zu reiten. „Hast du eigentlich auch Angst davor? Ich meine in die Stadt zu gehen?", fragte er sie. Er hatte gerade etwas Mut zusammengenommen, um das Risiko einzugehen und ihr eine Frage zu stellen, die ihr unangenehm sein könnte. Sie sagte eine Weile nichts und schnaubte dann hörbar. „Natürlich …", antwortete sie ihm mit dem Blick auf die rechte Seite, von ihm weg, „doch das hält mich nicht ab. Ich hatte schon öfter Angst."
„Das gibt mir Hoffnung. Ich hatte schon die Befürch-

tung, dir wäre das alles gleichgültig", meinte er mit etwas erfreuter Stimme und seinem Blick auf sie gerichtet, während die Stadt immer näher zu rücken schien. Wieder waren für eine Weile nur die Hufe ihrer Pferde auf dem Weg zu hören, da sie eine Pause ließ, bevor sie antwortete. Er bewunderte ihre blonden Haare, die hinter ihr her wehten. „Keine Sorge", versicherte sie ihm und lächelte ihm dann in das Gesicht, „Wir schaffen das." Da sie nun bald in Erenport einreiten würden, schwieg Wallace lieber. Zu angespannt war er, um mit seiner Gefährtin zu plaudern. Sie hatten beschlossen bis in die Mitte der Stadt zu reiten, ungefähr dorthin, wo seiner Erinnerungen nach die Visionen stattgefunden hatten.

„Es hat sich nicht viel getan", meinte Wallace, der gerade von seinem Pferd abgestiegen war. „Nur das Wetter ist ein anderes und es hat seinen Teil zur Zerstörung beigetragen." Die Häuser waren noch immer verlassen, niemand wohnte hier, keine normalen Bürger. Wenn sich überhaupt jemand hier freiwillig ansiedeln würde, vermutete Wallace, dann waren es Gesetzlose, denn selbst wenn hier wirklich einige wenige Wachen positioniert waren, es wären noch immer weniger, als in jeder anderen Stadt. Er selbst würde vermutlich hier seinen Unterschlupf suchen, wäre er so ein Gesetzloser. Doch das war nur ein Gedankenspiel, er war ja nicht deshalb hier. Linda war auch abgestiegen und rupfte an ihrer zu weiten Kleidung herum, wobei er ihr belustigt zusah. Sie hatte eine finstere Miene dabei aufgesetzt, fast so, als wäre sie wütend auf das Gewand selbst. Sie konnten derweilen keine weiteren Mitglieder der Garde entdecken, weshalb sie sich etwas freier bewegten. „Ich glaube das ist sie", sagte er dann plötzlich und blieb stehen. Er war sich sicher, dass das die Straße war, auf der er Balimor das erste Mal in seinem Traum begegnet war. „Ich erkenne die Straßen allesamt nicht wieder, aber sie sehen auch alle gleich aus, wenn du mich fragst", meinte Linda in gespielt gleichgültiger Manier. Wallace hatte ihr die Zügel seines Pferdes in die Hand gedrückt und war weiter in die Mitte der gepflasterten Straße gegangen. Linda hatte dann ihre Pferde abgestellt und sich an einer noch intakten Hausecke angelehnt und schien ihn mit aufmerksamen Augen zu beobachten. Er wollte keine Zeit verlieren. Die letzten gülden-rötlichen Sonnenstrahlen fingen an sich über das Land zu legen, tauchten alles in einer romantischen Art und Weise in warmes Abendlicht, deren Essenz Wallace gerne in sich aufnahm. Gern genoss er die abendliche Sonne, doch er hatte das Gefühl, dass es sich bei dieser um eine besondere handelte. Mit geschlossen Augen und von Linda abgewandtem Rücken stand er dort, wo er Balimor zum ersten Mal sah. Dann, als er das Gefühl hatte, bereit dazu zu sein, setzte er sich in einen gemütlichen Schneidersitz auf den Boden und konzentrierte seinen Geist auf den Grafen. Kein Zweifel und kein anderer Gedanke gingen durch seinen Kopf, er konzentrierte sich nur auf sein Ziel. Er vergaß, welche Tageszeit es war. Er vergaß, wo er sich befand. Er vergaß, mit wem er unterwegs war. Doch all das bemerkte er nicht, denn ehe er sich versah …

Das Geräusch von Stiefeln auf harten Holzdielen ließ ihn erschrecken, sie waren gemischt mit dem

Knarzen von den selbigen, ausgelöst durch etwas anderes. Die Schritte waren langsam und gemächlich. Fast so, als würde jemand nur auf und ab spazieren, auf sehr kleinem Raum. Er konnte nur ganz verschwommen sehen, doch dafür umso klarer hören. „Wallace, dachtest du, dass du fliehen kannst?", fragte Balimor, dem die Stiefel wohl gehörten, die das Geräusch verursachten. Wallace erschrak nicht, er war ganz ruhig. Selbst wusste er zwar nicht, wie er es schaffen konnte, ruhig zu bleiben, doch war es eher so, als könnte er gar nicht anders. „Ich bin geflohen", wollte Wallace sagen, doch er dachte sich es nur. „Sehr witzig. Wie immer", reagierte Balimor. „Doch wirst du mir nun nicht mehr entkommen. Ich weiß, wo du bist. Interessante Wahl der Örtlichkeit. Linda ist bei dir, schätze ich?" Unweigerlich musste er an sie denken, wodurch er nicht einmal mehr eine Antwort geben musste. „Natürlich ist sie das. Wo denn auch sonst?", er sprach mit einer Häme, die Wallaces Magen umzudrehen vermochte. „Umso besser." Er schien nun bei weitem schneller auf und ab zu gehen, als zuvor. Wallace konnte nur seinen verschwommenen Umriss im Kerzenlicht erkennen. Doch er musste ihn auch gar nicht sehen, er wusste genau, wie er aussah und war wohl so etwas Ähnliches wie froh, ihm nicht in seine Augen starren zu müssen, die in ihm Unbehagen auslösten. „Ihr werdet nicht entkommen", spie Balimor wütend aus und fing dann an zu schreien. „Ihr seid jetzt schon tot! Tot, verdammt, vergessen!" Wallace hörte, wie Gegenstände durch die Luft flogen und dann geräuschvoll auf dem Boden landeten. Er zuckte und kniff die Augen zusammen und als er sie wieder öffnete, konnte er sehen, wie schon in seinen Reisen zuvor. Noch nie hatte er Balimor so wütend gesehen, er wich ein wenig zurück, obwohl er sich danach sicher war, dass er ihm nichts anhaben konnte. „Folge mir, du Narr, und ich zeige dir deinen Untergang", sagte er wütend in Wallaces Richtung und ging dann bei der Tür hinaus. Perplex blieb Wallace noch kurz stehen und folgte ihm dann. Nachdem er aus der Tür gegangen war, wurde ihm bewusst, woher das Knarzen kam. Sie befanden sich auf einem gewaltigen Schiff, welches ebenfalls im abendlichen Licht auf dem Wasser unterwegs war. Doch war es nicht nur das gewaltige Schiff, welches das Herz von Wallace einen Schlag aussetzen ließ. „Erenport ist der Anfang, Wallace. Nur der Anfang", sagte Balimor zu ihm in alter Manier, fast so, als würde er ihm nochmals den Ausblick über Seeburg zeigen. Eine Armada aus dutzenden von Schiffen fuhr zeitgleich mit Balimors. „Auf jedem dieser Schiffe sind unzählige ausgebildete Männer, welche alle unter meinem Kommando stehen. Das Königshaus wird sich freuen, wenn ich mehr Land errichte und Lovdien reicher mache …", er ging von Schreien auf Murmeln über. Wallace fürchtete sich. Balimor schien, als hätte er den Verstand verloren. „Ich denke, es ist Zeit für dich zu gehen, Wallace. Keine Sorge, ich werde dich finden." Balimor hatte seinen Rücken zu ihm gewandt und schnippte spielerisch mit seinem rechten Mittelfinger. Sofort fühlte Wallace, wie er weggerissen wurde.

Mit einem Schrei öffnete er seine Augen und die Welt kippte. Er hatte aus dem Sitzen heraus einen reflexartigen Sprung nach hinten gemacht, wodurch er umgefallen war. Es schwirrten ihm viel zu viele Gedanken durch den Kopf, als dass er einen klaren fassen konnte. So lag er zügig atmend auf dem Boden, wie ein erstickender Fisch, der gerade aus einem klaren Bach gezogen worden war. Einfach aus seiner natürlichen Umgebung gerissen. „Lin... Linda!", stammelte er. Panisch war er, er wollte nicht panisch sein. Er wollte sich beruhigen, wieder klar im Kopf werden. Dann spürte er die Berührung von ihr, er war sich sicher, dass sie es war, ja, er sah ihr Gesicht vor seinem. Mit mütterlicher Sanftmütigkeit schien sie ihn ohne Worte zu beruhigen, so wurde er auch tatsächlich ruhiger. „Linda ... wir müssen ... müssen weg!", sagte er mit langen Pausen zwischen jedem Satzteil. Sie wirkte als Ruhepol auf ihn, so konnte er auch selbst wieder die Ruhe um sich wahrnehmen. Außer dem Säuseln des leichten Windes, der durch die zerstörten Gassen zog und dem Atmen der beiden waren keine Geräusche vorhanden, die zu seinem Gehör durchdrangen. „Steh' erst mal auf, Wallace", sagte Linda. Sie selbst stellte sich aus der Hocke neben ihm auf und bot ihm ihre Hand an. Mit einer fließenden Bewegung nahm er diese an und zog sich mit gemeinsamen Kräften auf die Füße. „Ich habe dir zugesehen. Durchgehend sahst du aus, als hättest du auf einem Nagelbrett gesessen", teilte ihm Linda mit. „Also: Wieso müssen wir weg?", fragte sie ihn. Wallace, allmählich wieder ruhiger und bei Sinnen, klopfte sich den Dreck von der Kleidung. „Balimor, er kommt", fing er an und ging in Richtung seines Pferdes. Er schlug vor, sich umzuziehen, denn die Dienstkleidung der Garde wäre nun doch wieder auffällig. Er erklärte ihr währenddessen, mit dem Rücken zueinander, was er weiters gesehen hatte. „Er kommt nicht allein. So viele Wachleute ... sind sie das überhaupt noch in diesem Zusammenhang? Keine Ahnung ... jedenfalls, die riesige Anzahl. Du kannst es dir nicht vorstellen." Gerade kramte er sein eigenes Gewand aus seiner Tasche und hatte kurz, ohne es zu wollen, zwischen seine eigenen Beine hindurch auf Lindas gesehen und errötete vor Scham. „Ich fasse es nicht ... was ... was denkst du hat er vor? Unmöglich kann er eine Armada in unzähliger Größe wegen uns zusammenstellen", sagte sie, wohl auch kramend, den Lauten nach zu urteilen. „Das Königshaus wird sich freuen, wenn er mehr Land errichtet und Lovdien noch reicher macht", spottete er mit dem Versuch Balimors Stimme nachzuempfinden, worauf Linda etwas gluckste. „Mal abgesehen von den Drohungen, die er uns gegenüber ausgesprochen hat. Er ist, denke ich, nicht mehr weit entfernt." Er machte eine kurze Pause. „Linda, soviel Angst hatte ich noch nie." All dies sagte er, ohne seine Tätigkeit des Umkleidens zu unterbrechen. Doch war es Angst, die er empfand? Viel eher hatte er das Gefühl verloren zu sein. So, als wäre das Schicksal bereits besiegelt und er könnte nichts mehr daran ändern. Balimor, sein Schafrichter, war auf dem Weg zu ihm und er gefangen in einem Loch, aus welchem er nicht rechtzeitig entfliehen konnte. Keine Eile spürte er, sondern gelassene Akzeptanz. Doch es störte ihn, so wollte er nicht empfinden. Es konnte nicht das Ende sein, es durfte nicht das Ende sein. Von ihm, von Linda. Ihm war gar nicht aufgefallen, dass Linda eine Ewigkeit brauchte um etwas zu antworten. Sie gab ein Seufzen von sich, bevor sie antwortete. „Wallace, ich möchte es wirklich nicht nochmal sagen müssen. Wir schaffen das, wir haben schon so viel davor geschafft", sie schien sich fertig umgezogen zu haben, denn sie ging auf die Pferde zu, neben denen Wallace stand, der ebenso gerade nur mehr seine Schnallen zu schließen hatte. „Wenn du mich fragst", fing sie an zu reden, während sie den Beutel am Sattel befestigte, „hört sich das an, als wolle Balimor Krieg. Doch gibt es in diese Richtung kein Land, welches zu erobern wäre, außer ..." Wallace verstand, worauf sie hinauswollte und unterbrach sie, ohne es zu wollen. „Außer er bahnt sich seinen Weg durch den unendlichen Wald und somit ins Ulmerreich", sagte er mit empörtem Ton. „Das ... das ist doch wahnsinnig", meinte er. „Ich denke unsere Chancen, ihm allein gegenüberzutreten, sind schwindend gering, Wallace. Wir müssen uns aufmachen. Nun, da er um die Existenz von deiner Heimat weiß ...", sie verstummte, bevor sie den Satz zu Ende brachte. Nickend bestätigte er wohl, was sie gesagt hatte. Das Königshaus selbst hatte wohl nichts gegen die Machenschaften ihres Handlangers. Wallace dachte darüber nach und kam zu dem Schluss, dass sie ihm wohl unterstützend entgegenkamen. Doch ihm wollte nicht in den Kopf gehen, dass es der Wahrheit entsprach. Hatte er selbst Mitschuld? Immerhin wird er seinen Geist dafür verwendet haben. Ihm wurde zu einem Teil übel bei diesem Gedanken. „Wie will er denn eine Streitmacht durch den Wald bringen! Wäre es so einfach, dann wäre es doch bereits geschehen", sagte er mit Verzweiflung. Tatsächlich konnte er sich nicht vorstellen, dass dies bewältigbar wäre. „Niemand sagt, es sei einfach. Zwar kenne ich selbst Balimor nur ein wenig besser als du, doch bin ich mir sicher, dass er einen Weg gefunden haben muss. Immerhin hat er auch dich geleitet", warf sie ein. „Ich fürchte, dass du recht hast", erwiderte er niedergeschlagen. Danach schlug er vor, aufzusatteln und weiter in Richtung des Hafens von Erenport zu reiten. Auf einer Anhöhe angekommen, bekamen sie einen weiten Ausblick auf den mittlerweile dunklen See, da die Sonne bereits zum größten Teil untergegangen wer. Er musste sie nicht fragen, um zu erkennen, dass sie auch sah, was er sah. In einiger Ferne, aber doch nah genug, waren viele Lichter zu sehen, die er als das erkannte, was Balimors Flotte voller Besatzung sein musste. So nah war er also schon, dachte er sich. Unten am Hafen konnte er zwei Fackellichter ausmachen. Der Gardist, auf dessen Pferd er nun saß, hatte wohl die Wahrheit gesprochen. Niemand außer den beiden im kargen Licht schemenhaften Gestalten waren in der Stadt auffindbar gewesen. „Wir sollten los, Wallace", sprach Linda bestimmt. Mit finsterer Miene nickte Wallace. Sie wandten ihre Pferde, ohne zurückzublicken, in die andere Richtung und trieben sie mit schnalzenden Zügeln voran. Die Nacht brach endgültig herein.

Die Hufe ihrer Pferde trommelten stetig auf den kühlen Boden im Morgentau, die gesamte Nacht hindurch waren sie geritten, ohne auch nur einmal Halt zu machen. Beide waren sie, wie ihre Rösser, erschöpft, doch wollten sie auch weiterhin keine Rast einlegen, bis sie im Wald angekommen waren. Die gesamte Zeit über hatten sie kein Wort mehr miteinander gesprochen, denn es tat auch nicht Not, es zu tun. Es schien beiden klar zu sein, dass sie den Vorsprung brauchen könnten und wenn es nur war, um sich sicherer zu fühlen. Wallace hatte das Gefühl der dauerhaften Gefahr im Nacken und war der festen Überzeugung, dies nicht mehr loszuwerden. Im morgendlichen Wind wehten seine Haare um seine unterkühlten Ohren, peitschten sie schon regelrecht, sodass er sich sicher war, dass sie rot glühen mussten. Manchmal richtete er den Blick auf seine Gefährtin, die eine strenge Miene aufgesetzt hatte, als müsste sie sich sehr stark konzentrieren, um nach vorne zu sehen. Die erste Morgenröte hatte sein Gesicht umgarnt, ihm wieder Wärme hineingezaubert, sodass er es wieder spüren konnte. Die Waldgrenze kam näher. Er dachte daran, wie er nach Lovdien gekommen war, was er gesehen hatte, was er gefühlt hatte. Dabei dachte er an Theren, den Bauernsohn, der freundlich zu ihm gewesen war und wunderte sich, was wohl aus ihm geworden war, ob er noch in seinem Dorf war. Oder musste er doch wegziehen? Was, wenn es das Dorf nicht mehr gab? Seine Augen wurden träge und er hatte für einen Bruchteil einer Sekunde das Gefühl, er würde aus dem Sattel rutschen, doch er konnte sich halten. Mit jedem Hufschlag kamen sie näher an die lichten Gebiete des unendlichen Waldes heran, nach denen er sich gerade mehr sehnte, als je zuvor. Wie in Trance fühlte er sich, hypnotisiert durch die monotonen Bewegungen im Sattel des Pferdes, das selbst kaum noch die Kraft hatte, ihn zu tragen. Doch endlich wurden die Baumreihen dichter und sie ließen die freien Gefilde hinter sich. Auf einem Weg, der so verwachsen war, als hätte ihn schon eine lange Zeit niemand mehr betreten, ritten sie noch kurzzeitig weiter. Linda, die nur einen halben Meter weiter vorne ritt, gab Wallace das Zeichen zum Anhalten. Ihr stand der Schweiß auf der Stirn und ihre Augen waren blutunterlaufen. Wie auch er, schien sie gerade noch so ihre Augen offen halten zu können. Ungelenk stiegen sie beide ab, er verzog dabei das Gesicht beim Aufkommen auf den Boden, da ihm alle seine Glieder zu brennen schienen. Sie machten die beiden Gäule etwas abseits fest und nahmen selbst in einem noch immer mit Raureif überzogenem Stück Wiese Platz, da sie sich eine Weile ausruhen wollten. Trotz der Gelegenheit sich hinzulegen, war er noch zu unruhig es zu tun. Linda jedoch war sofort eingeschlafen, wie es ihm schien. Um sich noch etwas Ablenkung zu verschaffen, führte er die Tiere zu einem nahegelegenen, dahinplätschernden Bach, um sie zu tränken. Immerhin, dachte er sich, würden sie noch eine Zeit lang auf ihr Pferde angewiesen sein, auch wenn sie die Hetze von dieser Nacht nicht nochmal wiederholen könnten. Er wandte sich um und sah in die Richtung in denen er das Gebirge vermutete, der vermeintliche Platz wurde verdeckt von Baumwipfeln und Anhöhen. Es stimmte ihn traurig, dass dem so war. Er machte die Tiere bei diesem Bach fest, damit sie auch weiterhin trinken konnten und legte sich auf ein Fleckchen Erde. Es schien ihm zu genügen, er legte seine Hände unter seinen Kopf. Gerade wollte er noch einen Gedanken fassen, doch in dem Moment, in dem er die Augen schloss, war er auch sofort eingeschlafen.

Er schwebte über Erenport – er war sich sicher, dass es Erenport war. Am Hafen der Stadt fand er die

Schiffe vor, die er als Balimors Flotte erkannte. Hunderte von Menschen tummelten sich dort, schleppten Kisten, oder waren auf den Weg in die Stadt. Zahlreiche Banner mit Krähen oder Wallace nicht geläufigen Wappen darauf waren auf den Gebäuden gehängt, welche den wenigsten Schaden hatten. In Schubkarren wurden Baumaterialien zu den größten von ihnen gebracht und auch sogleich verwendet. Die Stadt wurde wieder aufgebaut, doch wohl nicht zu einer Stadt, denn die Bewohner selbst waren keine einfachen Bürger. Es schien, als würde eine Garnisonstadt entstehen, ein neuer Angelpunkt für die Vorhaben der Grafschaften. Hätte er die Zahl der Leute zählen wollen, wäre er wohl in tausend Tagen nicht fertig geworden. Solch reges Treiben hatte er noch nicht mit seinen eigenen Augen erblicken können. Es schienen provisorische Zeltlager auf den Feldern außerhalb errichtet zu werden, die weiter reichten, als die ersten der zahlreichen kleinen Wäldchen in der Umgebung um Erenport. Was wäre wohl passiert, dachte er sich, wenn sie noch länger dortgeblieben wären? Aus dem Fortschritt, der unter ihm stattfand, schloss er, dass es tatsächlich nicht lange nach ihrer Abreise gewesen sein kann. Das musste heißen, dass auch sie die Nacht hindurch mit ihren Schiffen gefahren waren. Balimor, so war er sich sicher, musste schon im Vorhinein gewusst haben, wo sie sich aufhalten würden. Woher auch immer diese Flotte kam, sie traf zu schnell ein, als dass es ein Zufall war. Noch nie hatte sich Wallace so sehr gewünscht, dass er gerade träumte – normal träumte. Denn für ihn war nun klar, dass Balimor zu jedem Zeitpunkt zu wissen schien, wo er sich befand. Auch nun, da er hilflos schlief und kaum weit genug von ihm entfernt war, um auch nur einen Funken von Sicherheit zu empfinden. Er dachte an die Drohungen, die Balimor ausgesprochen hatte. Wenn er eines wusste, dann war es, dass er nicht wusste, wie er den Grafen einzuschätzen hatte. Nochmal verschaffte er sich einen Überblick über das Stadtgelände. Der Lärm von Schmiedehämmern und Zimmerersägen schallte durch die Luft, es wurde fleißig gearbeitet. Unentwegt. Wenn dies kein Traum war, dachte er sich nun, dann würde es mehr als Zeit werden, endlich aufzuwachen. Linda, sie müsse erfahren, was er gesehen hätte. Er versuchte sich auf seinen Körper zu konzentrieren, wie er eben eine Traumreise zu beenden versuchte. Bitte, wünschte er sich, sei ein normaler Traum.

Zeitfracht Medien GmbH
Ferdinand-Jühlke-Straße 7
99095 Erfurt, Deutschland
produktsicherheit@kolibri360.de